TIRANDO DE LETRA

Mistério no sebo de livros

Telma Guimarães Castro Andrade

Ilustrações: Novaes

9ª EDIÇÃO

Conforme a nova ortografia

Copyright © Telma Guimarães Castro Andrade, 1995.

SARAIVA Educação S.A.
Avenida das Nações Unidas, 7221 – Pinheiros
CEP 05425-902 – São Paulo – SP – Tel.: (0xx11) 4003-3061
www.editorasaraiva.com.br
atendimento@aticascipione.com.br

Todos os direitos reservados

Dados Internacionais de Catalogação na Publicação (CIP)

Andrade, Telma Guimarães Castro
    Mistério no sebo de livros / Telma Guimarães Castro Andrade ; ilustrações Octávio Novaes de Oliveira. — 9ª ed. — São Paulo : Atual, 2009. — (Série Tirando de Letra)

Inclui roteiro de leitura.
ISBN 978-85-7056-679-9

1. Ficção policial e de mistério 2. Literatura infantojuvenil I. Oliveira, Octávio Novaes de. II. Título. III. Série.

CDD-028.5

Índices para catálogo sistemático:

1. Literatura infantojuvenil 028.5
2. Literatura juvenil 028.5

Série **Tirando de Letra**
Editor: Henrique Félix
Assistente editorial: Shirley Gomes
Preparação de texto: Noé G. Ribeiro/Maria Luiza Simões
Roteiro de leitura: Ronaldo Antonelli
Gerente de produção editorial: Cláudio Espósito Godoy
Assistente de produção editorial: Rita Feital
Revisão: Maria Luiza X. Souto/Vera Lúcia Pereira Della Rosa
Editoração eletrônica: Silvia Regina E. Almeida/Virgínia S. Araujo
Chefe de arte/diagramação: Tania Ferreira de Abreu
Assistentes de arte: Marcos Puntel de Oliveira/Ricardo Yorio
Produção gráfica: Antonio Cabello Q. Filho/José Rogerio L. de Simone/Maurício T. de Moraes
Composição: Graphbox
Impressão e acabamento: Renovagraf

7ª tiragem, 2018

CL: 810369
CAE: 575997

*Para um jovem casal de tios,
Zeila e Waldemar Ribeiro de Mendonça,
com muito amor.*

SUMÁRIO

Sebo	1
A metamorfose	7
Apenas um gigolô	14
Disque V para namorar	21
Uma vida melhor para seu filho	23
Momento de decisão	25
Eu já quis morrer	30
Devidamente ensebado	32
O céu que nos protege	39
O perfume	43
Jogue o papai do sebo	48
Sandra & Selma	53
Embalos de sábado à tarde	54
Quase dormindo com o inimigo	57
A coisa (Parte 1)	62
A coisa (Parte 2)	65
Os diamantes são eternos... mas não tanto	70
Ladrão que rouba ladrão	73
Ladrão de coração (ou *Pouco te vi*)	78

POLICIAL
(SÁTIRA)

Sebo

SEBO. O nome me pareceu grudento, pegajoso. Assim mesmo resolvi entrar. Precisava comprar um livro de "segunda, terceira, infinitas mãos" e tinha de ser ali mesmo.

Não sabia por onde começar a procurar o livro. Pensei em perguntar a um senhor que estava logo na frente, mas fiquei sem graça. Ele estava tão compenetrado! Foi aí que vi a mocinha sentada à bancada em forma de U, anotando alguma coisa, ajeitando notas.

— Atchim! — espirrei.

Ela me olhou com reprovação.

— Desculpe, é que sou alérgico...

— A livros? — ela perguntou.

— Não, quer dizer, sou um alérgico comum, tenho alergia a qualquer coisa. Espirro à toa. É que é a primeira vez que venho num sebo....

— Sempre tem a primeira vez! — ela respondeu, sem me dar muita atenção.

— O que eu faço?

— Dance! — ela continuou.

Espertinha! E metida a engraçadinha também.

— Como é que eu procuro um livro?

— De preferência, nas prateleiras... — ela continuou.

Eu já estava perdendo a paciência.

— As pessoas precisam ser atenciosas, gentis com seus compradores, sabia? — respondi, já com vontade de dar a volta e sair. Chata. Custava dar uma explicação? Resolvi ser mais simpático.

— Moça, eu nunca pisei aqui. Preciso comprar um livro...

— Qual? — ela perguntou. — Mistério, suspense, romance, ficção, livro didático, paradidático, ocultismo, religioso, de psicanálise, psicologia, médico, língua estrangeira, tradução, periódico, revista, tese, enciclopédia...

Ela estava querendo me gozar. Pra falar a verdade, tinha um livro certo pra comprar, sim... Mas não sei por que, me ouvi falando:

— Quero olhar, escolher, ver o que gosto mais... Mas começar por onde? Lado direito, esquerdo, subo a escada em caracol? Preciso de "instruções" de trânsito aqui dentro. Tem muito livro aqui...

— Esperava o quê? Múmias?

Perdi a paciência.

— Moça, eu quero saber onde posso achar um livro-lindo-maravilhoso-espetacular romântico para eu dar de presente...

— Ah, para a namoradinha que só lê *Revista Desejo*... Já sei o tipo: frases doces, propostas delicadas, abraços, beijos, mais abraços, mais beijos, final feliz. Andar de cima, prateleira 15-A. Os preços que ficam na ponta da prateleira são indicados por letras, que ficam na contra-capa do livro. Edições filetadas a ouro têm um outro preço...

Ia dizer pra ela que... Mas achei melhor não falar nada. Dei-lhe as costas e subi a escada.

Jamais poderia imaginar que o andar de cima fosse tão grande. Precisaria de um mapa para voltar. Corredores de prateleiras do teto quase até o chão. Prateleiras de madeira antiga, escura, entalhada. Nos pequenos espaços em branco da parede, onde as prateleiras não ficavam grudadas, algumas cópias de quadros famosos: uma *Mona Lisa*, um *O caminho de ciprestes*, um *O bairro de Saint-Roman* e mais outros três que, infelizmente, não traziam escritos os nomes embaixo nem os de seus autores.

Fui olhando os livros. *Os assassinatos da rua Morgue* e *O escaravelho de ouro*, *O médico e o monstro*, *O enigma dos quatro*, *O fantasma de Canterville*, *Histórias extraordinárias*, *O mistério de Marie Roget*... Isso estava bem longe do que eu queria.

Um homem tossiu.

Vi que estava procurando por algum título na prateleira mais baixa, onde pude ler ESOTÉRICOS.

Havia também um moço, talvez mais jovem do que eu, tirando livro por livro e anotando preços. Talvez fosse mais moço, mas parecia mais velho... Acho que por causa dos óculos fundo de garrafa.

Resolvi procurar nas prateleiras dos romances. Fui olhando os títulos: *A moreninha*, *Cinco minutos*, *A mão e a luva* e mais uma infinidade deles. Não sabia nem por onde começar... Pelos nacionais, pelos importados. Talvez humor, ficção, aventura... Não sabia bem do que esse livro que eu estava procurando tratava, mas, pelo título, devia ser pra lá de meloso!

Sabia também que era traduzido do inglês para o português e que tinha inspirado um filme.

Fui olhando, olhando. Acabei me distraindo com uma coleção que eu tivera quando pequeno. Puxa, me deu uma saudade!

Fui virando as páginas do volume um, olhando as figuras a bico de pena... Acabei ficando ali um tempão, perdido no tempo, sentindo saudade do tempo de criança. Peguei o volume dois, para ver se continuava igual ao que eu um dia tivera. Bobagem. É lógico que sim. Por que seria diferente? Eram tantos os volumes!... Que preço seria? Fui conferir. Não consta. Não consta, mas tinha uma observação: o preço seria fornecido pelo proprietário, pois essa era uma edição rara, filetada a ouro, traduzida por autor brasileiro já falecido.

Realmente desagradável ouvir cochichos num sebo. O lugar era interessante para se viajar mesmo, em silêncio.

Resolvi dar uma espiada no lado de trás, onde vi a placa: CARTILHAS E MATERIAL PEDAGÓGICO / ANOS 50.

Ia dar a volta quando ouvi uns outros cochichos:

— Trouxe tudo?

— Só dois. Faltam dois. Ele não pediu quatro?

— Pediu. São puros?

— E você acha que eu sou bobo? Cadê o dinheiro?

— Fica quieto. Aqui não é lugar pra conversar, Roberto. Vamos para o escritório.

Fiquei intrigado. Que conversa mais esquisita!

— Aqui não tem ninguém. Não vai ter acordo, Cláudio.

— Como, não tem?

— Preciso do dinheiro todinho.

— Eu te passo a metade, você entrega a metade. Eles estão contentes com o serviço. Fica frio.

— Como, fica frio? Eu tô correndo risco. Quero a grana pra me mandar. Não posso ficar lá muito tempo. Eles vão acabar descobrindo.

—Só dessa vez.

— Nada feito.

— Então quando?

— Eu é que pergunto. Quando é que você traz a grana?

— Daqui a dez dias. Você traz os outros dois que ele quer. O *sheik* é fissurado neles.

— Tudo bem. Eu consigo os outros dois.

— Traz aqui mesmo?

— Tudo bem. Quando eu trouxer, você põe a grana dentro do livro... Daquele mesmo jeito, você sabe... Não vou poder sair por aí com esse dinheiro todo... A cidade tá cheia de bandido.

— Hoje é dia três. Dia treze, então.

— Dia treze. Volto com os outros dois, certo?

— Certo. Como dois e dois são quatro.

Me encolhi. Nenhum dos dois poderia me ver. Coisa boa não era. Coisa legal também não ia sobrar pra mim.

— Leva um livro pra disfarçar.
— Droga! Detesto ler!
— Fazer o quê? Você tem que disfarçar! Você é ou não é um restaurador? Restaurador tem que andar com livros, sabia? E dos antigos, como esse...

Fiquei colado na prateleira "CAMINHO SUPERSUAVE". Os dois estavam de costas... Dava pra ver através duns livros mais "baixinhos".

Passos. Um dos dois estava vindo pro meu lado...Pro meu corredor!

Fui me abaixando até conseguir me enfiar debaixo do vão da última prateleira. Engoli oito "atchins" consecutivos. Se ficasse ali, os dois me descobririam. Assaltantes? Traficantes? Assassinos? Passos de novo. Grudei o ouvido no chão de madeira. Gente descendo a escada.

Quando já ia saindo debaixo daquela prateleira espremida e empoeirada, ouvi passos subindo a escada.

Não quis me arriscar. Resolvi ficar escondido mais um pouco.

Mais dezenove espirros contidos. Foi aí que eu tive a certeza: era mesmo alérgico a pó... E nutria um medo pavoroso de baratas. Sim, havia uma barata ruiva, de antenas enormes, de pernas nem um pouco depiladas, cascas imensas, de olho em mim. Não tinha um olhar apaixonado, mas percebi que se eu não fizesse algo, ela subiria na minha mão, nem tão peluda como as patas dela, me olharia nos olhos e me faria uma enorme declaração de amor, quem sabe até me lascando um beijo na boca, já que ali eu era o único "mancebo no pedaço". Sempre soube que exercia uma enorme influência sobre as ruivas. Já tinha namorado alguns pares delas no colegial. Respirei fundo e bafejei em cima dela. Foi minha única saída. Bafo humano, para uma barata tipo kafkiana, talvez lhe trouxesse recordações e a fizesse voltar para o lugar de origem: *A metamorfose*, para os braços de seu amado criador, senhor Kafka. Nada feito. Kafka criara um inseto e não uma barata. A ruivona não gostara da citação. Talvez eu fosse pouco erudito pro seu bico, se é que barata consegue ter bico. Fechei os olhos. Senti a ruiva peluda depositar as patas e todas as suas antenas na minha mão direita bem menos peluda e nada ruiva. Contei até cinco para ver se a aranha bem mais peluda que aparecera iria tomar uma providência, antes que eu a tomasse (não me pergunte qual... eu não saberia dizer qual seria a providência). Nada. A ruivona dera mais dois passos e a aranha de peruca só ali, na moita. Quando estava lá pelo número trinta e seis, a peruca pulou na minha mão, já até acostumada com a ruivona. Aproveitei o bote da peruca na ruiva e puxei a mão. Salvo. Agora restava eu rastejar pra fora da prateleira, na maior calma, espiar para conferir o que os dois sei-lá-o-quê estavam fazendo... se tinham ido mesmo embora ou não, e dar no pé.

Saí. Olhei em volta e não vi ninguém, a não ser um rapazinho de boné, com cara de bobo, olhando livros com a vista perdida.

Desci a escada.

Lá embaixo, percebi que estava ficando escuro, já passava das seis e meia.

Quando passei pela mesa da minha amiga mal-educada, ela me perguntou:

— Parece que se enfiou embaixo das prateleiras... Está todo empoeirado!

Não tinha percebido. Meu aspecto era dos piores. Sujo, empoeirado, cabelo despenteado.

— Fiquei maravilhado com o que pude encontrar lá em cima! — Foi a única coisa que pude dizer.

— Que bom! E o que escolheu?

— Ih, esqueci lá atrás — apontei.

— Tudo bem, pode pegar... Ainda não fechei o caixa. Só não posso me atrasar.

Idiota. Por que havia mentido? Agora eu ia ter de pegar alguma coisa. Dei meia volta e fui até as prateleiras do fundo. Passei a mão no primeiro livro que pude pegar com pressa. Nem vi o título, muito menos o preço. Nem me atrevi a perder mais tempo procurando o tal livro que tinha de dar de presente.

— Está aqui! — entreguei, ofegante.

— *Manual do suicida...* — ela leu. — Pensei que fosse dar para a namorada, coitada! Você não acha tétrico demais? Com tanta coisa boa lá em cima!...

Puxa! Como não li o título primeiro?

— É edição de luxo! Pelo menos tem bom gosto. É um dos exemplares mais raros... Olha a encadernação a ouro... A edição é do começo do século...Preço em dólar. Uma escolha cara para um assunto tão...
Droga. Quase sem fundos no talão-conta-conjunta-com-a-minha-mãe.
Resolvi arriscar.
— Não tem uma edição de bolso?
— Vamos fazer uma coisa — ela sugeriu. — Você passa na segunda-feira e eu vejo se arrumo uma edição de bolso, papel jornal, mais atualizada. Tenho certeza de que encontro. Sai mais barato também. Uma bela diferença, diga-se de passagem. Deve estar em torno de cento e vinte a cento e cinquenta dólares.
Um suicídio mais em conta. Era tudo o que eu queria.
Me despedi da moça e saí.
Fiquei vagando pela rua Leme Barreto, feito bobo.
Comprei uma água no bar.
Quando o dono do bar me deu um copo descartável e me viu, boquiaberto, jogar a água nas mãos e nos braços, falou:
— Que é isso, moço? Essa água é pra beber! Por que não usou a pia?
Pia. E quem ia se lembrar de uma pia, enquanto pensava numa ruiva peluda, numa morena de peruca e em dois sei-lá-o-quê?

A metamorfose

Minha mãe gritou:
— Você está se sentindo bem? Está vivo? O que houve, filho? Você não sai do chuveiro!
Fiquei mesmo lá embaixo do chuveiro, água fria até, me lavando, me esfregando. Estava me sentindo sujo, seboso, empoeirado. Não por causa dos livros. Nem por causa da ruiva

e da peruquenta. Estava me sentindo esquisito com aquela conversa que ouvira.

Tudo bem, a ruiva e a peruquenta contribuíram com trinta por cento, o chão empoeirado com os outros trinta e os quarenta restantes, os dois esquisitos, evidentemente.

Depois de um "por favor, filho", acabei saindo. Sem a toalha, se é do seu interesse.

Minha mãe já estava tão acostumada, que havia deixado um piso extra bem na porta do banheiro e uma outra toalha em cima da minha cama.

— Aposto cinquenta que você esqueceu a toalha... — ela gritou.

— Nem precisa, mãe.

— Olha o piso... Não vai botar esse pezinho 39 molhado no meu chão!

— Quarenta, mãe. Eu cresci.

— Perdi meu parceiro de tênis...

É. A gente usava o mesmo tamanho. Tá certo que o pé dela é um pouco menor... Mas como o dinheiro só dava pra um par de cada vez, ela comprava do meu tamanho (um número a mais que o dela) e ia usando comigo. Mas isso foi até o ano passado, quando minha unha encravou e eu acabei dando um xeque-mate nela: ou ela comprava um tênis do tamanho real do pé dela, ou eu cortaria a ponta do tênis, para meus dedos poderem ter um pouco de sossego e meu pé poder crescer à vontade. Ela concordou, rindo da nossa vida meio dura.

— Mãe, cadê minha calça *jeans* de ontem?

— Botei pra lavar.

— Mãe!

— E essa de hoje andou por onde? Andou de *mountain bike* ou de moto em algum charco?

— Mãe, preciso falar uma coisa...

Será que valia a pena? Contar da moça, do sebo, da conversa?...Eu nem sabia direito do que se tratava... Ia deixar ela preocupada. Ela andava se preocupando demais comigo. Depois da morte do meu pai, se preocupava comigo e com as contas, ainda bem que de forma alternada. Ultimamente estava mais para as contas...

— Fala! Se é o cursinho, já paguei. Paguei com atraso, mas paguei.

Resolvi ficar mudo. Ela tinha muita preocupação na cabeça, e eu com minhocas... Baratas, aranhas, conversas ensebadas...

— Vem tomar um lanche, vem... — ela chamou.

Dei uma chacoalhada no cabelo. Molhei todo o espelho. Ela ia me matar. Passei a toalha em cima para tirar as gotas d'água, mas aí o espelho ficou com pelos. Depois lá viria ela com o seu paninho com álcool. E eu iria pegar no seu pé chamando ela de "Madame Alquinho".

Vesti uma calça mais velha, uma camiseta branca e fui pra cozinha.

— Arrá!

— AIIIII! Que susto! Mãe, você vai me enfartar! É hereditário...

Mania dela. Sempre que podia, me pregava um susto. Me agarrava pela cintura e me puxava.

Eu sempre fingia que ficava assustado, mas dessa vez me assustei mesmo. Fiquei tão branco que ela estranhou.

— Que foi? Te assustei? Sério?

— Nada, mãe.

Sentamos para o lanche.

Ela comia com tanta vontade que acabei esquecendo das minhas meninas (a ruiva e a morena) e dos meus amigos (os dois esquisitos) e ataquei um sanduíche.

— Mãe, cê já leu A *metamorfose*? — perguntei.

— Por quê? Estão pedindo no cursinho? Vai cair no vestibular?

— Não, perguntei por perguntar... O inseto no livro era barata, por algum acaso?

— Ele diz inseto, pelo que eu me lembro... — Puxa, Felipe, achei até que você estivesse virando erudito, feito seu pai. Era um dos seus preferidos. Franz Kafka.

— Tava só querendo saber...

Nem sei por que comecei a falar nesse livro.

— Sabe quem telefonou? — ela falou com a boca cheia.

— É feio falar com a boca cheia, mãe! — falei brincando.

— Hoje é sábado, pode tudo. Meu dia de glória, meu dia de folga, chega de livros, chega de biblioteca da PUC, chega de fichas... Como de boca cheia, falo alto, ando descalça, deixo o lápis cair no chão, aumento o volume do som. Pronto.

— Você não disse quem ligou...

— Aquela menina... — ela chutou.

— Qual?

Imagina se eu ia morder a isca. Ia judiar da minha mãe. Só um pouquinho. Ela dizia "aquela" para que eu falasse "A Mônica? A Thaís? A Vivi?"

— Tudo bem, eu não sei... — ela respondeu com a boca cheia.

— A Vera!!! Mãe, eu tinha combinado de sair com ela à tarde...

— Liga pra ela, uai!

— E eu digo o quê? Que tenho um "trem" no olho e que não posso sair?

Mamãe deu risada. Eu vivo mesmo tirando umas do sotaque mineiro dela, uai.

— Prefiro ir ao cinema. Decidi e pronto. Sessão das nove e meia. Dá tempo.

— Com a Mônica? — ela sorriu, maliciosa.

— Com uma menina mais gostosinha, com quem eu tenho um caso antigo... — respondi com a boca cheia.

— Felipe, quem é essa do caso antigo? Meu filho, olha a Aids, você tem se prevenido? — ela perguntou com um ar preocupado.

— O que você acha se eu levar a menina pra ver aquele filme *Cenouras verdes fritas*? Muito babaca se a gente tomar um café com pão de queijo depois, lá no La Recoleta? Será que ela vai me achar bobo?

— Que nada! Vai achar você um cara entendido, com bom gosto, um cara...

— Então acaba esse sanduíche e vamos embora, mãe. Só que na base do cada um paga o seu!...

— Legal! Detesto ir ao cinema sozinha. É a terceira vez que a Lia me dá o cano! — ela riu.

Minha mãe quando sorri parece uma garota. Pai sacana. Não tinha nada que morrer tão cedo e largar essa minha mãe trabalhando feito doida, com toda a sua juventude pela frente... Não tinha nada que me deixar, pô. Pai melhor amigo eu não conhecia, só o meu. E essa minha mãe, que só pensava em mim, no pai, na biblioteca da PUC, nas contas, em consertar minhas roupas, pagar meu cursinho, merecia todos os cinemas do mundo e um filho bem melhor que eu. Eu sei que um filme *Cenouras verdes fritas* não ia me tornar um filho melhor, mas ela ia se distrair e eu também. Isso me fazia sentir menos egoísta por estar querendo esquecer um maldito sábado.

Mãe "metamorfoseada" em amiga mais velha; eu, "metamorfoseado" em estudante ralado.

Saímos do apartamento abraçados, em direção ao cinema, quer dizer, rumo à garagem e à moto.

Eu na frente da moto, ela atrás. Os dois de capacete.

Comemos pipoca. Segurei na mão dela quando ela começou a chorar e implorei pelo amor de Deus quando ela começou a soluçar alto.

— Mãe, vão pensar que estou batendo em você! — pedi.
— O que eu posso fazer? Choro até com desenho animado! — ela soluçou.

O choro se acalmou.

Pude reparar que metade do cinema olhava pra nós e que a outra metade chorava também. Isso, de certo modo, me tranquilizou. Em parte, né... Porque de repente ela começa a fungação de novo.

— Mãe, para!
— Mas é lindo demais!
— E precisa chorar?
— PRECISA! Tá pensando que tenho sangue de barata?

Pronto. A palavra mágica.

Com meu complexo de perseguição, fiquei logo achando que os dois homens atrás de nós eram os dois do sebo... E que a coceira que eu sentia na perna esquerda acompanhada de alguns pares de patas era uma prima próxima de minha ruiva nem um pouco predileta.

Resolvi ir ao banheiro para conferir a "ruiva". Tudo bem, era um fio da calça que estava me pinicando.

Mais dez minutos e senti o pescoço queimar. Olhei para trás e senti que os dois atrás de mim algumas fileiras estavam mesmo de olho.

Aí, depois de ir ao banheiro por mais duas vezes consecutivas, achei que o homem da *bombonnière* estava me olhando torto.

— Vem cá! — ele chamou.
— EU?
— É, você mesmo! — ele insistiu, com uma boca torta, bigode torto, olho torto e cabelo torto (era peruca).

Cheguei mais perto... Mas não muito.

— O que é? — perguntei.
— Ali... — ele falou.

Como ele olhava para o outro lado, olhei para a direção apontada.

— O quê? Tá falando daqueles dois? O que eles querem comigo?

Percebi que os dois me olhavam feio. Bom, um dos dois tinha um sorriso esquisitinho.

— Eles não. Você! — ele insistiu.
Comecei a ficar preocupado. O que eu tinha a ver com ele? Ou com os outros dois? Seriam os sebosos? Não me lembrava da cara deles, nem tinha dado pra ver direito. Talvez tivessem me visto... E agora queriam...O baleiro! Ele seria o intermediário! Mas do quê?
— Dá pra falar claro? — engrossei a voz, segurando no colarinho do homem. Ou era agora ou nunca.
— A vista! A vista!
— Tudo bem, já avistei os dois! Mas e daí? Não tenho provas!...
— Provas do quê? — o velhinho respondeu. — Foram eles que abriram a sua vista? Safados! Tarados! Vou chamar o gerente!
E começou a gritar.
Olhei pra baixo. Meu zíper estava aberto!
Puxei o danado e entrei correndo na sala de projeção.
Quase caio no colo da minha mãe.
— O que foi? Por que demorou tanto?
— Ia trazer uma balinha pra você, mas o cara não quis vender a prestação... Só a vista! — suspirei aliviado.
— Só você mesmo! Comprar bala a prestação... Perdeu o melhor do filme...
— Aposto que você deu escândalo!
— Não, só um pouquinho... — ela riu.
O filme acabou.
Ela não entendeu muito quando me abaixei para pegar algo imaginário no chão enquanto passávamos pela saída.
— Polícia na porta! Que milagre! — ela exclamou.
— É que tem dois tarados no cinema, moça... — uma voz conhecida avisou. — Tentaram pegar um rapaz.... Chegaram até a abrir a vista da calça dele!
Fiquei encolhido e de rosto virado.
— Credo, que perigo, gente! Você ouviu, Felipe?
— Ouvi, mãe... Mas deve ser alarme falso!
— Como pode ter certeza? A cidade tá assim assim de bandido!
Fomos para o café. Mamãe merecia. Depois daquela choradeira, um pãozinho de queijo e um café com chantili seriam ótimos.

Apenas um gigolô

Entramos no café. Acho que já era quase meia-noite.
Avistei uma mesa num cantinho sossegado. Vi alguns amigos do cursinho.
Sentamos.
O garçom veio pegar o pedido. Mamãe pediu presunto cru e provolone na baguete. Eu pedi o mesmo. Depois tomaríamos o café com chantili, e, se coubessem, os pães de queijo.
Mamãe logo avistou a estante de livros. O Café de La Recoleta era livraria e galeria também.
Imagine se não iria levantar para espiar as novidades.
Resolvi dar uma circulada. Fiquei só no resolvi. Adivinha quem estava lá, com um bacana com cara de intelectual?

A moça do sebo. Não estava a fim de papo. Provavelmente ela ia me esnobar com toda a sua erudição.

Quando ia dar meia volta pelo balcão, sinto um braço encostando no meu.

— Coincidência, não?

Era a própria.

— É... Coincidência.

— Numa cidade tão grande como esta...

— É.

A luz não era forte ali no café. Mesmo assim pude perceber que a "sebosa" não era nem um pingo feia. Puxa, ela estava com uma malha preta, de gola alta, um pouco abaixo do bumbum, uma meia preta dessas grossas, parecia meia de bailarina... E acredite, se quiser: era só! Bem, tinha uns brincos diferentes, mas fiquei invocado com as pernas. Sempre fui invocado com pernas.

— O que foi? Está com um olhar tão estranho!
— Você está diferente...
— É o lugar! — ela disse. — Deixa a gente mais, mais... solta, acho.
— É, e com a perna mais bonita também.
— Como?

Um conjunto *cover*-não-sei-das-quantas tinha começado a tocar e ela não ouvira o elogio. Sorte.

— Felipe!... Felipinho!... Vem cá, olha o que achei! *O amante de Lady Chatterley*!

A "perna" olhou minha mãe e abriu um bocão desse tamanho!

Puxa, minha mãe podia ser mais discreta. Eu sabia que esse era o romance que meu pai e ela mais curtiam, desde a época da faculdade, mas falar alto assim tinha despertado a curiosidade das "pernas".

— Quem é ela?
— Quem? — eu não escutei direito. O som tinha aumentado.
— É ela?

Fiz que sim. O que será que ela tinha perguntado?

— É a mulher... É por ela que você queria...
— Queria o quê?

Ela ficou me olhando... Olhava minha mãe acenando, e me olhava esquisito.

— Faz tempo que estão juntos?

Pronto, tinha ouvido melhor e entendido também. Segurei o riso. Ela estava pensando que minha mãe era meu caso! Que boba!

— Bastante... — respondi
— Você não acha que ela já está um pouco "passada"?
— O que exatamente você quer dizer com "passada"?
— Um pouco mais velha que você... Pra falar a verdade, bem mais velha... Apesar de querer fazer o gênero cocota!
— Eu gosto dela assim. Sempre gostei.
— Então é coisa antiga!...
— Muito.
— É ela que te sustenta?

Menina cara dura. Tava pensando o quê? E eu lá ia ficar com alguém mais velha que eu só por causa de dinheiro? Pensando bem, era a minha mãe que me sustentava mesmo! Tava na hora de começar a trabalhar. Já tinha repetido dois anos... Dezenove anos, ainda fazendo cursinho e ainda não trampava.

— É ela que paga suas contas? Ela te dá grana?

— Dá — engoli a seco. O que eu ia dizer? Não estava mentindo!

— Hum... Conheço um nome pra isso!... Teve até um filme!

Gigolô! Me deu vontade de dar um tapa nela, onde já se viu. Bom, acontece que eu não havia desmentido, não tinha contado que ela, a "coroa", era minha mãe... Portanto, ela podia pensar o que quisesse.

— Aposto que o cabelo preto dela é tintura.

— Nunca perguntei.

— Deve dormir lambuzada de cremes para parecer mais jovem...

— Nunca notei.

— Ela curte um pornô-clássico, como Lawrence?

— Esse, especialmente. Mas no fundo é uma romântica. Sempre foi.

— É, tô vendo que é coisa antiga mesmo...

Ela nem sabia o quanto. Conhecia desde a barriga da gatinha até os seios dela. Afinal, era uma relação umbilical. Coisa de mãe e filho, de quem havia sido amamentado um tempão.

— Ela estava querendo te dar o fora? Quer dizer, o livro que você... *O suicídio*... Você não está pensando mais nisso, ou tá?

Tentei responder mas não consegui. O *cover*-sei-lá-de-quem tocava e cantava tão alto que não dava pra ouvir mais.

Resolvi gritar no ouvido dela:

— Vamos lá, ela está me chamando...Vou te apresentar.

Ela fez sinal que não.

O cara que grudou nela a puxou para um lado e não deu mais pra conversar... Nem pra explicar que aquela era a minha mãe, viúva cocota, porém decente.

Minha mãe fez uns sinais frenéticos pra mim.
Fui para a mesa.
— Quem era a moça, Felipe?
— Uma menina do sebo...
— De onde? — mamãe gritou.
— De um lugar aí, mãe.
Com aquele barulhão não dava pra explicar. Depois a minha mãe iria morrer de paixão se soubesse que eu estava conversando com alguém que trabalhava com livros. Ela ficaria séculos falando dos-livros-em-comum-a-elas e eu ficaria chupando o dedo. E depois, eu estava achando legal a menina (é, porque era uma menina, tipo fera à noite) estar achando que a minha mãe era minha namorada, meu caso, o motivo para o meu "suposto suicídio".
— Ela parece mais velha que você!
— Será?
— Olha a saia... Bom, estou sem óculos... Não tem saia, Felipe! Só a blusa! Como essas meninas são esquecidas! Põem uma peça, esquecem de vestir a outra...
— Mas ela é um charme! — suspirei.
— Faz tempo que você a conhece?
— Nem sei, mãe!
— Aposto que o cabelo dela é tingido! Essas meninas começam tão cedo!
— Pois eu aposto que não!
— Como é que você sabe?
— Sabendo...
Como era duro ser filho único de mãe viúva, que não tingia o cabelo, que não usava creme nenhum, que queria por toda lei saber da menina, sendo que nem eu sabia!
— Mãe, vamos comer? Tô morrendo de fome!
— Só se eu pagar! Sou uma mãe feminista. Homem que sai comigo e me paga o cinema, não tem despesa depois.
— Fechado. Eu não tenho mais dinheiro, mesmo...
— Bobo.
Minha mãe quando sorria ficava linda. Vi que tinha alguns homens olhando pra ela. Fiquei com ciúmes. Só um pouco, né... Fazer o quê? Mas ela nem olhou em volta. Ficou brincando com a colherinha do café com licor, trocou meu san-

duíche com o dela. Ela sempre fazia isso. Dizia que eu tinha mais sorte nos pedidos!

Resolvi ir ao banheiro. Queria ver se encontrava a gata pelo caminho ainda.

Nada.

Quando voltei, achei minha mãe muito esquisita. Parecia ter chorado.

— Que foi, mãe? Alguém mexeu com você?

— Nada. Já pedi a conta.

— Mas eu nem acabei de comer...

— Quero ir pra casa, eu dirijo...

Vi que ela amassou um papel e enfiou no bolso da jaqueta.

— Me dá esse bilhete! Alguém te amolou!

— Larga de ser bobo, filho... É a conta.

— Então por que o olho vermelho?

— É a música... Me lembra seu pai.

— Mãe, essa música nem do meu tempo é... O cara acabou de inventar... Música *underground*, completamente!

— Pois é, a gente adorava tudo que era *underground*, ainda mais o *ground*...

Coisa esquisita. Minha mãe estava estranha. Tão estranha que quis ir dirigindo.

Quando chegamos em casa ficou mais esquisita ainda.

— Filho, você sente a falta do seu pai... Eu também... Mas eu juro, eu nunca vou me casar com ninguém...

— Mãe, mas eu até prefiro que você se interesse. Você sai muito pouco. Fica dependendo das suas amigas... Queria que conhecesse meu professor de Física. É um cara legal... Pelo menos conhecer.

— Então é esse o problema? Traz ele amanhã! Eu juro que vou me empenhar em apreciar a conversa... O papo...

Não entendi. Que problema? Que papo mais estranho! O que estava acontecendo com ela? Seria a tal da menopausa? Pô, ela nem quarenta anos tinha! Talvez uma menopausa precoce... Perguntaria ao professor de Biologia.

— Mãe, o que é que você tem? Tá sentindo calor? Aí depois bate um frio? (Ouvi um amigo meu dizendo que menopausa dá frio e calor ao mesmo tempo e que as mulheres ficam esquisitas.)

— É... Bateu um arrepio! — ela se encolheu no sofá da sala.

— Alguma coisa comigo? Tá sem grana? Eu vou arrumar um emprego. Prometo. Vai ser até bom...

— Olha, se você está pensando em alguma bobagem, me fala, pelo amor de Deus! — ela gritou histérica.

Credo! Nunca tinha visto minha mãe assim.

Foi aí que descobri. Ela tirou o papel amassado do bolso e me mostrou:

> *Ele está pensando em suicídio... O que tem feito a ele? Desculpe me intrometer, mas acho que ele é um cara legal... Só um pouco atrapalhado. Não pense bobagem. Não somos nada um do outro.*

Cara, a menina do sebo tinha mandado um bilhete pra minha mãe e entregado o jogo... Só que, na verdade, não tinha jogo nenhum!

Demorei umas três horas pra explicar tudo pra minha mãe. É lógico que omiti a parte da conversa dos dois-sei-lá-o-quê.

— Por que não explicou pra ela que eu era a sua mãe?

— Achei que ia ser um lance legal... Ela tentar evitar meu suicídio... Me tirar das unhas vermelhas e pontudas dessa mulher sedutora que me tira o sangue e o vigor... Ó! — mostrei meu braço pra ela.

— Tenha modos, menino! Onde já se viu? Brincar com uma coisa tão séria! Eu fiquei desesperada... Sempre achei você tão maduro! Bom, a menina é mais velha que você... Uns meses, talvez..

— E daí? — resmunguei.

Estávamos falando sobre hipóteses apenas... Mas daí a ela escrever um bilhete anônimo pra minha mãe era bom sinal... Ou um sinal de que talvez fosse apenas uma boa samaritana... Como minha própria mãe.

— Posso trazer o professor de Física aqui?

— Não.

— Então eu cometo...

— Comete o que? Uma bobagem?

— Cometo um emprego... É, um emprego. Mãe, posso trabalhar?

— Onde? De quê? Você tem o cursinho, já perdeu dois anos...
— Quem sabe num sebo...
— Aquele aqui perto?
— É... Aqui perto... Se aceitarem meio período...
— Sei não...
— Melhor ir aceitando... Senão, vão achar que sou apenas um filho-gigolô, explorador de mãe...
— Para, Felipe... — ela ria.
Tudo bem... Os nossos papos sempre acabavam em bobagem mesmo... Ou em coisa séria. Séria como um emprego... Séria como um "crime", um "assalto".

Disque V para namorar

Domingo brabo.
Mamãe saiu cedo para andar no parque. Seu domingo era sempre no parque. Andava e andava até ficar exausta. Chegaria aqui dizendo estar "moída", faria uma daquelas saladas coloridas com gosto de qualquer coisa e eu lavaria os pratos, como sempre.
Liguei pra Vera.
Ela estava uma onça. Melhor dizer que estava tão pê, que de cara não quis nem falar comigo. Falou que era a mãe dela. Como eu já conhecia a jogada, insisti e tentei me desculpar.
— A gente tinha combinado de sair, Felipe. Pô!
— Vera, minha mãe tava em crise...
— Por que ela não vai a um analista?
— Tá caro, sabia? Tem gente cobrando em dólar... Depois fica dependente da coisa e aí meu cursinho vai pro brejo!
— Não muda de assunto... — ela resmungou.
— A gente não saiu ontem, sai hoje... — insisti.
— Não.

— Vera... Verinha... Veroca... Verusca... Tô com vontade de te dar um beijo.
— A minha passou ontem.
— Não pode voltar? Um beijo bem gostoso? Daquele comprido...
— Hum... Parece que tá voltando...
— Ó, tô com a boca bem aqui... Tá vendo?
— Não, tô sentindo...
— Cê tá usando aquele perfume que eu gosto?
— Tava ontem, né! — ela reclamou.
— O que você está vestindo?
— Nada. Acabei de sair do banho.
— Nem a correntinha no pé?
— Ah, essa eu tô... Mas acabei de tirar. Dá pra ver?
Não, dava pra sentir.
— E você? Tá de *jeans*?
— Digamos que mais ou menos.
— Como é que você fica de *jeans* mais ou menos?
— É que enquanto você falava foi me dando um calor!...
— Tarado!
— Acho que vou tomar um banho bem frio... A não ser que você venha aqui dar uma esquentadinha em mim... Esquentadinha de beijo, Vera. Um monte deles.
— Hum... Vou pensar...
A porta bateu. Minha mãe entrou em casa falando bem alto:
— Estou ótima, filhão. Noite boa, né? Você tá falando com a menina do Recoleta? Fala pra ela vir aqui um dia...
Telefone na cara.
Antes, é lógico, ouvi um "crise de mãe no Recoleta com alguma menina? Experimente me telefonar, Felipe Negrão!".
Mãe quando tem de estragar coisas, estraga por completo. Ainda mais quando quer adivinhar com quem a gente está falando e grita bem perto do telefone.
Domingo no parque. O dela foi ótimo. Agora imagine o meu: plef da Vera, salada da minha mãe, e ducha fria, já que o chuveiro tinha queimado.

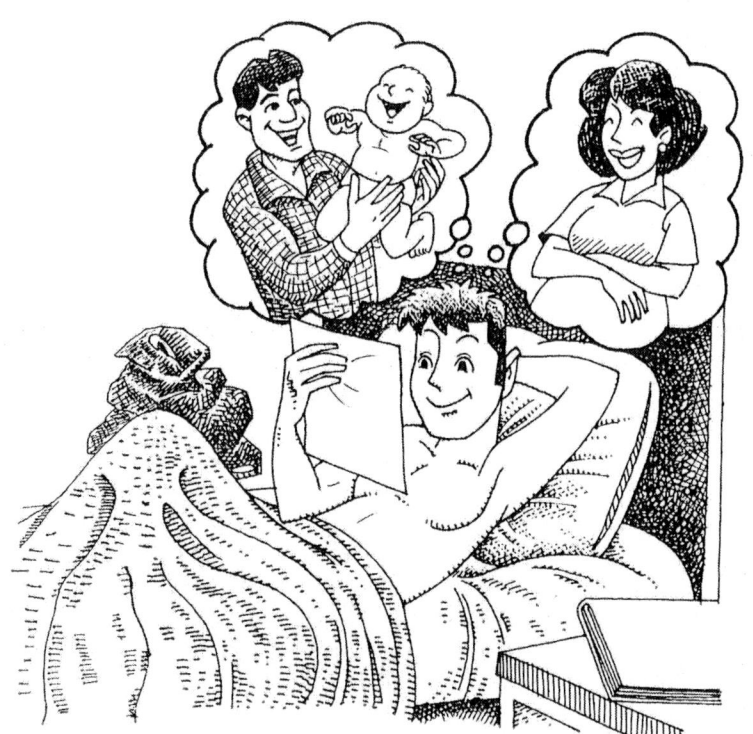

Uma vida melhor para seu filho

Não, não o livro. Sim, o livro também. Antes de sair para a PUC, mamãe deixou esse livro ao lado da minha cama, na mesinha de cabeceira, com um bilhete:

> *Felipe, tudo o que eu quero na vida é uma vida (desculpe estar sendo repetitiva) melhor para você. Se você está a fim de trampar, como você diz, trampe... Mas numa coisa que goste e que não atrapalhe seu cursinho. Eu e seu pai (tinha de lembrar dele) sempre sonhamos em ver você formado, com um emprego legal, por isso optamos por um filho único, maravilhoso, que é você. Gostaria que lesse esse livro, porque*

um dia vai ter filhos também... Tudo bem, depois discutiremos o Bruno, que, dizem as más línguas, era mais do "pedago-papo". Beijão. Sandra.

Tudo bem, mãe. Iria para o cursinho, almoçaria no "Por Arroba" mas, antes disso, deixaria o troco:

> Uma vida melhor para a sua mãe. Autor: Felipe Henrique Negrão. Sem Editora. Ilustrações ao encargo do leitor.
>
> Mãe, desculpe estar copiando você, deixando este futuro-projeto-de-livro-quem-sabe? na sua cama, mas é que fico preocupado com você também. Lógico, afinal é você que me sustenta, que me cobre (apesar desse tamanhão), que me dá remédio, que imita a voz da faxineira, quando alguém com quem eu não quero falar telefona, que quebra todos os meus galhos e as minhas árvores (apesar de grande defensora da ecologia — lá no cursinho te apelidaram de "traça verde", já que é você aquela que empresta livros)... Longe de ser uma "eco-mãe-chata", você é a mais, mais não sei o quê do mundo. Não fique preocupada comigo, não. Eu é que ando preocupado com você. Que tal o professor de Português, se não se interessar mesmo pelo de Física? Ele não é assim nenhum atleta, mas não é também nenhum minúsculo. Não posso te dar características muito concretas, mas ele me parece menos chato que o de Física, que é, no entanto, mais alto e forte que ele. Pra falar a verdade, se eu fosse mulher, não sei direito se me interessaria por eles... Acho que pela professora de Biologia, que é demais, mãe... Ai, cada jeans apertado! É uma agonia. Não me considere sapato, por favor. Tudo bem, começo falando coisas sérias, depois parto para bobagens. Não tomo jeito, né? Vou tomar, mãe. Eu prometo. Não, não como político. Como um filho, mesmo, cheio de "eu prometo aquilo tudo e mais isso, talvez um filho meio político, fazer o quê, né? A gente tem escola! Mãe, a única coisa que quero na vida é uma vida melhor para você também...Um amor, um cara, quem sabe!

Momento de decisão

Fui para o cursinho. O Gabriel estava impossível, me cutucou o tempo inteiro para eu espiar a perna da Gabriela. Preferi ficar babando em cima do ombro da Gigi. O que aquele professor de Química falava mole era brincadeira. Foi me dando um sono lascado... Acho que cheguei a pender a cabeça no colo da Gigi. Ela deve ter gostado, porque senti a mão dela fazer cafuné na minha cabeça. Hum, tava um colo danado de bom. Pena que a aula acabou. Não só a de Química. Dormi em todas.

— Podemos dizer que já dormimos juntos! — mexi com a Gigi.

— Gracinha! — ela respondeu.

— Tão gostoso quanto o colo da minha mãe! — Espreguicei-me.

— Duvido!

A Gigi era uma graça. Pena que a gente não tinha nenhum "tchã" um com o outro. Não sabia que o colo dela era tão bom.

Saí para almoçar. Estava de saco cheio de comer sanduíche. Já que a minha mãe tinha deixado grana embaixo do livro com um "PS: Vê se come algo decente hoje!", resolvi experimentar um restaurante do "quilo" perto do "sebo". Tudo bem, as intenções eram péssimas... Mas fazer o quê? A carne era fraca e eu precisava ver de novo a menina mais velha que eu, tentar um emprego no "sebo" e descobrir aquele trem esquisito.

Gabriel telefonou para o pai dele e avisou que iria comigo.

Descemos a pé.

Entramos na fila do restaurante.

Entupi meu prato de porcariada com molho vermelho, branco, rosê, carne adoidado, massas mil, verdura nenhuma. Estava cheio delas. Das verduras, legumes e daquele maldito micro-ondas que deixava tudo parecido e sem gosto. Minha mãe teria um ataque se me visse com aquele prato tipo carroceiro, mas a carne era fraca duas vezes.

— Felipe, não olha, mas tem uma coisa fofa de olho em você! — Gabriel avisou, assim que conseguimos carregar nossos pratos até a mesa.
— Do cursinho?
— Não. Cara nova.
Dei uma virada.
Minha mãe tinha razão: ela pintava o cabelo. Agora estava mais claro. Como é que conseguira?
— Eu conheço a gata — respondi.
— Qual o nome dela?
Fiquei pensando. Estava louco ou alguém a tinha chamado de Isadora?
Estava louco. Ninguém a tinha chamado, porque então ela deveria se chamar Isadora?
Ela usa um belo fundo de garrafa, né? — ele comentou, dando uma assobiada meio safada.
— É!... — respondi, enquanto olhava a menina tirar os óculos.
— O que será que ela faz?
— Trabalha no sebo aí da frente — respondi de boca cheia.
— Se... o quê?
— SEBO! — perdi a paciência. — Você não sabe o que é um sebo?
— Pra mim é aquela beirada da carne que minha mãe tira porque senão todos tem um ataque e não comem — ele explicou.
— Santa ignorância! — respondi. — Sebo é o lugar onde você compra e vende livros seminovos, usados, todo tipo de livro. Nunca entrou num?
— Não. Pra que entraria?
— É, você compra novo.
Injustiça falar assim com ele. Eu também sempre comprara. Mal acabara de conhecer um sebo de livros nesse fim de semana. Passara a vida toda sem nem saber o que era comprar um livro de segunda, terceira ou quarta e assim por diante mãos. Sabia que meu amigo gostava de me amolar... "Beirada da carne"....

Foi aí que pintou uma ideia. Expliquei pro Gabriel que eu estava interessado na moça. Tava a fim de ter um rolo com ela, sei lá... E também queria um emprego, pombas. E se tivesse que ser junto com ela, melhor! Na hora de pagar a conta, a gente esperaria por ela perto do caixa, o Gabriel se ofereceria para pagar a minha conta já que eu estaria "duro" e depois, eu iria direto até a loja pra pedir o emprego. S.C. (tradução: se colasse).

Chegamos no caixa junto com ela.
— Tudo bom? — perguntei.
— Tudo. — ela respondeu.
— Você vem sempre aqui? — perguntei.
— Quando dá — ela respondeu colocando os óculos de novo.
— Esse é o Gabriel — apresentei.
— Tudo bem?
— Prazer — ela olhou pra ele meio interessada demais pro meu gosto.
— Deixa que eu pago, Felipe. Todo mundo sabe da sua dureza.

Eu ia dar um jeito de ele virar anjo. Desgraçado! A menina já achava que eu era gigolô, agora ia pensar o quê? Que eu tava "ficando com o Gabriel"? Palpite infeliz esse meu. A ideia tinha sido minha... O culpado era eu. Droga!

— Continua em dificuldade? — ela cochichou no meu ouvido. — Passa ali no sebo. Preciso conversar com você! — ela falou.

Fiquei danado.
— Precisava falar assim, Gabriel? Ela vai achar que eu sou um duro!
— Ué, a gente não tinha combinado?
— Tudo bem — eu concordei.

Agora já tinha ido mesmo.

Me despedi do Gabriel depois de acertar a conta com ele e fui para a loja.

Com que cara eu estava eu não sabia, mas não era das melhores.

— Gostou do almoço? — ela foi logo perguntando.
— É, deu pro gasto!

— Bom, tenho uma proposta... — ela começou. — Pelo visto, você faz cursinho de manhã.

— Como é que sabe? — perguntei, intrigado.

— Meu caro Watson, com esse monte de livros, cadernos universitários, caderno de exercícios de "Inglês no Cursinho", sem pressa para almoçar, só pode fazer cursinho de manhã... E no Meta, que é o mais perto... senão você teria chegado mais tarde.

— Matou... — respondi. — E a proposta, qual é? Tem um emprego meio período pra mim?

— Matou... — ela respondeu. — O salário não é muito, mas dá pro gasto. Assim que sair do cursinho, almoça rapidinho, e vem pra cá. Fecho às seis e meia. Aos sábados não dá pra faltar... Mas quando tiver simulado, a gente dá um jeito... Eu também tenho!

— O quê? Simulado?

— É, faço cursinho à noite, no mesmo lugar que você.

Puxa, como é que eu não havia notado? Porque de noite eu não ia ao cursinho, claro!

— O que me diz do salário? — arrisquei.

— Bom, sem experiência com livros, nunca trabalhou, meio período...

Ela colocou os óculos e ficou fazendo cálculos. Aquilo me irritou profundamente. Quem era ela?

— Um salário e meio e o registro.

Ela deveria ter dito o "salário mixo"... Mas, paciência. Era isso ou nada.

— Quando não tiver movimento, dá pra você estudar. Que tal? Eu também costumo dar uma estudada aqui, quando dá...

— Topo.

O que eu tinha dito? Topo? Cara burro. Com tanta butique em *shopping*, por que eu ia querer me meter num sebo e espirrar no meio de tanto livro? Alérgico do jeito que eu era!... E depois aqui devia ter movimento pra burro!

Ela pareceu adivinhar meus pensamentos.

— Com tanta butique em *shopping* e você resolve ficar por aqui. Acho legal. Primeiro: butique tem movimento adoidado,

você não pode nem espirrar, muito menos ler um livro, dar uma conferida na matéria. Acho que está no lugar certo. Tudo bem. Pensa que eu não sei ler pensamento? O movimento aqui também é grande, mas tem todo esse clima de livros...
   Esotérica. Bruxa. Era o que ela era. Adivinhadora de pensamentos.
   — Quando começo? — perguntei.
   — Amanhã. Vou dar uma avisada pro chefão, tá?
   Quem seria o chato?
   — Ah, ele não é nem um pingo chato. É um cara legal. Tem outro negócio e só vem aqui umas duas vezes por semana.
   Leu meu pensamento. Moça estranha. Não ia poder ficar pensando qualquer coisa. Ela ia ler tudo.
   — Felipe...
   — Como é que você sabe o meu nome? — estranhei.
   — Aquela sua... Hã... — ela engasgou.
   — O nome dela é Sandra.
   — Pois é, ela falou seu nome alto... Memória boa, sabe como é que é!...
   — Pois o seu é Isadora! — retruquei.
   Ela deu um sorriso largo e manso, mexeu os cabelos (tive quase certeza de que eram loiros legítimos) e perguntou:
   — Como é que você sabe?
   — Outro nome não combinaria — respondi.
   — Bom, é Maria Isadora. Você acertou pela metade.
   — Não deixa de ser bonito... Maria, Maria... Isadora, Isadora. Combina com você.
   Já ia saindo, olhando aquele sorriso gostoso, cabelo soltinho quando ela me fala:
   — Guardei esse livro pra você. Não é bem o que você queria, mas foi o que escolhi... De melhor!
   Peguei o embrulho e agradeci. Achei chato abrir ali... Tava na cara que era o *Manual do suicida*. Com tanta gente em volta, o que iam pensar de um suicida de bolso?
   — Amanhã, então?
   — Feito! — respondi.
   Estava empregado. Num sebo!

Eu já quis morrer

Eu *já quis morrer* em livro de bolso. É mole?
Cheguei em casa e escondi o livro da minha mãe. Imagina se ela vê.
Quando fui tomar banho, dei uma espiada no "que quis mas não foi". Puxa, a história parecia ser até legal. Deu pra pescar que era uma moça cheia de grana, grana preta mesmo, que se entope de droga, e aí minha mãe chegou e perguntou se eu não ia sair do chuveiro.
Saí, de toalha e livro embrulhado e tudo.
— Mãe, arrumei emprego, meio período, um salário e meio, com carteira, no sebo da Leme Barreto.

Falei assim mesmo, na lata, que era pra ela já levar o choque e tudo.

Minha mãe é esquisita. Não gritou, não fez escândalo, nem ao menos olhou pra mim. Minto. Olhou pra baixo de mim e perguntou:

— É impressão ou você é um cara "quadrado"?

O livro. Tinha colocado o *Eu já quis morrer* bem em cima do meu você-sabe e enrolado a toalha por cima. Se ela visse o livro, ia achar que eu estava querendo fazer alguma bobagem. Achei melhor parecer um filho pervertido, bem normal.

— Mãe, é só um *Manual de sexo seguro*...

— Então você me empresta... — ela riu do meu embaraço.

— Com algumas fotos explicativas... — continuei.

— Continuo interessada... — ela falou, piscando o olho.

— Com um folheto a parte...

— Adoro folhetos. Tem lugar para "resposta pessoal do leitor"? — ela continuou.

— Se eu dissesse que tem algo de "pornô" nesse sexo seguro você ficaria brava?

— Apenas decepcionada!

— E se fosse um *Manual para um suicida iniciante?*

— Gritaria dois anos seguidos! — ela arregalou os olhos.

— É só um manual...

— De sexo seguro! — ela finalizou. — Boa aquisição.

— Mãe, você prestou atenção no que eu falei?

— Do emprego?

— É.

— Claro! Acho ótimo. Só não relaxe no cursinho! — ela avisou, enquanto enxugava o meu rastro molhado pelo quarto.

— Acho que vai dar pra pagar meio cursinho...

— Esse dinheiro vai ser seu!

— Você acharia ruim se eu ajudasse a pagar o cursinho?

— Não! — ela gritou da área de serviço. Na certa estava pegando o álcool para passar no espelho embaçado. Qualquer dia, se eu me descuidasse um pouco, ela passaria em mim, ou então, se eu fosse desregulado e fizesse alguma bobagem, ela me conservaria em formol.

— Pois então eu ajudo a pagar no próximo mês! — gritei de volta.

— Você ainda nem começou! — ela respondeu, já com o álcool na mão.

Tivemos uma noite tranquila. Ou quase. Perdi o meu sono depois de estudar Física e Biologia. Ainda tinha a Química, mas aí o sono tinha chegado e eu estava começando a brigar com ele. Fui vencido.

Devidamente ensebado

Sentei do lado da Vera na aula de Física. Fiquei segurando a mão dela um tempão mas ela ficou com a mão morta no meio da minha.

— Arrumei um emprego! — cochichei.
— Com alguma bonitinha? — ela devolveu.

Fiquei irritado. Pô, menina mais cheia da bronca.

Puxei o carro. Queria ficar de bode comigo, que ficasse. Precisava prestar mais atenção nas aulas, já que hoje seria meu primeiro dia de emprego.

Não contei nada para os meninos. Acho que senti vergonha de dizer onde ia trabalhar. É lógico que seria mais legal falar que "de hoje em diante vocês poderiam me encontrar na Pakadoido, na Quorum, na Viciado, na Eme Eme Officer, na Phorum". Paciência. Não ia ser hoje que eu ia contar. Contaria amanhã.

Depois do cursinho, passei no apartamento, comi um verde-qualquer-coisa e fui para o sebo.

Isadora estava lá, toda séria.

— Cheguei.
— Tô vendo.
— Por onde começo?
— Explico.

Puxa, como ela parecia profissional. Nem parecia que tinha me salvado de um "suicídio".

Passou um tempão me mostrando onde ficavam os livros, como atualizar a lista de preços, a limpeza dos exemplares mais caros.

— E a minha alergia?

— Vai passear lá fora. Quem precisa trabalhar não pode ter nada. E depois, aqui é um bom lugar para alérgicos. Você adquire imunidade mais fácil. Hoje você vai começar pela limpeza dos mais caros. Deixe ver sua mão, se está limpa.

Se ela passasse álcool na minha mão, ia achar que era coisa mandada pela minha mãe.

— É que esses livros são mais raros e mais caros. Não podemos sujá-los.

Subiu a escada caracol e abriu uma porta para me mostrar onde ficava guardado o material de limpeza.

— Ficou todo mundo lá embaixo sozinho? E se alguém roubar algum livro? — perguntei.

— Seria alguém de bom-gosto — ela concluiu. — Felipe, o pessoal que vem aqui é geralmente *habitué*, já está acostumado, já conhece a gente, já sabe mais ou menos o que procurar. É lógico que sempre tem alguém que "dá a Elza"... Tem uma velhinha super-simpática que tem prazer em "dar a Elza"!

E eu ia ter que engolir essa de "dar a Elza". Quem seria essa fulana oferecida?

Vendo minha cara de "quem era a Elza?", ela explicou:

— "Dar a Elza" é pegar livro sem pagar. Tem gente que faz isso sempre.... Mas geralmente preferem lugares cheios de gente, tipo *shopping* à tarde, bienais, feiras de livros...

Mais essa pro meu arquivo mental.

— Por que me ofereceu o emprego? Já pensou se eu fosse o tipo que vive de "dar a Elza"? — brinquei.

— Porque precisamos de mais alguém. Começamos com aluguel de livros novos também e estamos pensando em adquirir discos antigos. Além disso, tem a parte de troca-troca, a parte de compra dos livros usados. Nem sempre compramos. Às vezes já temos exemplares de sobra de um título, ou é algum livro tão malhado que requer reparos; se for exemplar que a gente queira aproveitar e é preciso nova encadernação, fazemos aqui mesmo, lá na salinha ao lado da copa, no andar de cima.

— O que vou fazer, então?
— Primeiro você vai fazer um "reconhecimento de área".
— Re-o-quê? — perguntei, sem saber o que era aquilo.
Ela especificou então o reconhecimento:
— Andar entre as prateleiras, olhar títulos, espiar a cozinha, a copa, o banheiro... Só não fique entrando no escritório. Lá, só eu tenho acesso. Bem, você vai conhecer o lugar pra não se atrapalhar. Isso tudo é um labirinto!
— Quem faz a encadernação? — perguntei, preocupado.
— Um senhor, às vezes eu, e futuramente, você!
— Tem faxineira?
— Puxa, todos fazem a mesma pergunta. Não, você não vai limpar os banheiros lá em cima, porque, de qualquer forma, eles só são usados por nós mesmos ou por pessoas muito conhecidas.
— Os tais *habitués*.
— É. Está começando a aprender.
Isadora deu meia-volta e me deixou lá, plantado, olhando as prateleiras.

Acho que passei a tarde toda olhando livros. Na verdade, gastei mais tempo naquela prateleira do andar de cima, onde desconfiava que os dois homens esquisitos tivessem deixado algo. "Cartilhas e material pedagógico dos anos 50", prateleira de trás. Tive a pesada certeza de que aquela prateleira havia sido trocada. Não me lembro de ter lido "LIVROS EM LATIM" naquela prateleira de trás.

Para me organizar melhor, resolvi pegar minha agenda do cursinho e anotar as prateleiras com suas placas informativas. Achei melhor, depois de um tempão anotando, fazer um mapa das prateleiras do andar de cima.

Quando ouvi Isadora me chamar, levei um susto.

— Felipe, atende um pouquinho aqui embaixo pra mim que eu preciso atender a um interurbano aí em cima, no escritório.

E o que eu iria falar para os clientes que quisessem algum livro diferente? Por enquanto, a única coisa que eu sabia era onde ficavam as cartilhas... E as do caminho bem suave. As de outro caminho tinham outro rumo que eu ainda descobriria.

Desci.

— Você põe o fone no gancho aí embaixo, tá? — ela jogou o cabelo pra cima de mim quando a encontrei na escada.
— Tudo bem!
Assim que desci, uma senhora magra-tipo-seca esbarrou em mim:
— Posso ajudá-la?
— Vim buscar mais M. Delly... Prateleira do meio, meu rapaz... A de número cinco.

Fui atrás dela, assim aprenderia melhor.
Pois não é que ela foi direto e reto? Enquanto ela escolhia alguns exemplares, dei uma espiada nos outros. Coisa antiga, acho. Em alguns títulos ainda pude ler dedicatórias românticas do tipo:

> Cara sobrinha, espero que aprecies este exemplar tão especioso. Tua "dinda" Ana Saraiva. Novembro, 1948.

Quando já ia me afastando, pude ver que a delicada senhora magra-seca enfiava dois romances da tal M.Delly na bolsa. Fiquei sem saber o que fazer.
Dei sorte. Isadora estava descendo a escada. Cochichei no ouvido dela:
— Preciso falar com você.
— Ainda estou ao telefone lá em cima — ela respondeu.
— Fala da extensão daqui de baixo. É aquela senhora que entrou. A da peruca torta — eu ri. — Ela acaba de pegar dois romances e enfiar na bolsa.
— Já sei! — ela exclamou. — Há dois meses que vem fazendo isso. Quando vier pagar, você aumenta o preço. Sempre leva um outro escondido dentro do casaco.
Dito e feito.
Lá vinha ela com dois exemplares na mão.
Olhei o preço na prateleira e conferi com o do livro. Letra M.
Fiz a conta e apresentei a nota.
— Mas só estou levando dois... E isso aí é o preço de quatro livros! — ela reclamou.
— Edição rara... — expliquei. Deixe-me mostrar.
Abri o primeiro livro e mostrei a data. Tinha dado sorte.

— Mas os outros que levei na semana passada eram do mesmo ano! — ela continuou.
— Mas não tinham dedicatória!!! — arregalei os olhos.
— Mas os outros também tinham dedicatória... — ela duvidou.
— Não como esses que a senhora está levando — apontei.
Ela abriu os livros, desconfiada.
— O que tem esse G.A aqui embaixo de tão encarecedor?
— GUILHERME DE ALMEIDA, minha cara senhora. As iniciais de Guilherme de Almeida.
Ela ficou muda.
Isadora desligou o telefone acho que para ouvir melhor a conversa.
— Pois aqui está o dinheiro. Descobri uma mina de ouro! — ela exclamou enquanto guardava os livros em sua bolsa.
Assim que ela saiu, caí na risada.
— De onde tirou o Guilherme de Almeida?
— Me lembrei de uma poesia dele... "A Rua das Rimas". Fizemos um jogral na oitava série. A professora falou tanto em Guilherme de Almeida que... Pronto. Colou ou não colou?
— Colou. Ela foi trazida aqui por uma de nossas melhores clientes. Tem vindo aqui há uns dois meses e tem recomendado o sebo a muita gente. O duro é na hora de pagar. É cleptomaníaca... De livros. Fica muito indelicado dizer que ela escondeu outros livros... Então sempre contornamos e cobramos a mais para não termos prejuízos.
— E se ela estivesse levando um livro realmente raro? — quis saber.
— Nunca leva. Faz coleção de M. Delly. Aquela prateleira compramos especialmente pra ela, que vem toda semana e leva vários. Até os que já levou. É a sua única mania.
Enquanto estávamos conversando um pouco, vinha um e pagava, entrava outro e olhava, percebi que entrou mais um homem. Ele deu um "oi, Isadora" bem rápido e subiu a escada.
Eu estava invocado ou pelo tom de voz podia jurar que aquele era um dos dois que estavam lá em cima? A voz era fria, cortante...
Arrisquei sair do impasse:
— Esse, por exemplo, vem sempre?

— Quem? — Isadora perguntou.
— Aquele que acabou de subir a escada.
— Ah, é amigo do dono. Ele aparece uma vez por semana pra encadernar, restaurar, avaliar a autenticidade... Leva alguns livros pra casa dele porque às vezes ele prefere terminar o trabalho por lá.

Será que esse sebo servia de fachada para algum negócio escuso?

Pedi licença e fui para cima. Esperava dar uma espiada no homem, me certificar de que era a mesma pessoa, ver o que estava fazendo.

Assim que subi, olhei a copa, os banheiros, por entre as prateleiras e nada. Se ele tinha subido e desaparecido, só podia estar no escritório. Fiquei olhando alguns livros esperando que o homem "surgisse" do escritório.

Isadora de novo.

Desci.

— Hora de ir embora. Tenho cursinho. Quer ficar aqui "mofando" entre traças e livros? — ela brincou.

— Tem aquele homem ainda lá em cima... — avisei.

— Seu Roberto? Imagina, ele já desceu. Acabou de passar por aqui. Estava lá no escritório verificando alguns livros "comidos"... Conversou comigo se valeria ou não a pena recuperá-los. Até levou dois deles pra casa, coitado!

Mas como? Eu havia ficado lá em cima, por entre as prateleiras e não havia visto ninguém descer... Muito menos aquele homem. Ou havia uma descida secreta do escritório para a parte de baixo ou ele tinha pés de veludo!

Bom, não ia adiantar eu ficar discutindo ali com a Isadora. A gente precisava fechar o caixa, apagar as luzes e abaixar a porta.

— Vou correr para comer alguma coisa lá no bar do cursinho mesmo... — ela ajeitou a mochila nas costas. — Até amanhã, Felipe. Gostei do seu primeiro dia. Vou elogiar você pro chefe quando encontrar com ele.

Quando já estava subindo a rua, ouvi uma buzina.

— Quer carona até o seu prédio?

— Como sabe que eu moro em prédio?

— E quem não mora nessa selva?

37

Subi na garupa.

— Não precisa apertar tanto a minha cintura! — ela berrou.

— Desculpe! — eu disse, e continuei apertando. A carne era fraca e a cintura era gostosa, o que eu podia fazer?

Pedi pra que ela parasse a uma quadra do cursinho, na virada da Júlio de Mesquita.

— Ah, é aquele prédio verdinho?

Verdão, ela quis dizer. Verdinho era elogio.

— É.

Ela parou a moto.

— Então é aqui que você mora.

— É...

— Com ela?

— É.

— Ela não vai ficar enciumada se me vir aqui com você?

— Um pouco... Mas já está se acostumando.

— Começou a ler o livro?

— Comecei.

— E aí? Já parou de pensar em bobagens?

— Depende.

— Depende do quê?

— Depende da bobagem... — respondi.

Isadora subiu na moto e pisou fundo.

Maldita boca.

Subi.

Mamãe e eu jantamos lasanha verde, lógico.

Sessão contar tudo. Contei tudo, mas não exatamente tudo. Do seu Roberto, o restaurador esquisitíssimo que entrou por uma porta e saiu por outra, do qual eu suspeitava, nem uma palavra.

Mamãe prometeu "de pés juntos" ir me visitar qualquer dia. Se eu estivesse vivo!...

Estava com um estranho pressentimento! Qual seria? Um deles eu sabia. Se não mandasse bala em Literatura, estaria ferrado. Tinha matéria acumulada. Resolvi começar pelas *Memórias póstumas*... Antes que eu fosse um póstumo em Literatura e em Inglês. TERIA PROVA AMANHÃ!

O céu que nos protege

Só se fosse o céu mesmo. Fiquei tão ligado no perfume da Vera que a professora de Inglês me chamou:

— Ei, você aí, qual é o problema? É prova, sabia?

Sabia. Sabia mas não estava bem acordado para o Inglês ainda.

Vera não quis saber de papo nem depois da prova. Acho que estávamos no "Zé Fini". Paciência.

Gabriel e Plínio vieram perguntar como é que tinha sido a minha tarde de ontem. Plínio ainda não sabia onde é que eu estava trampando.

— Onde?

— Sigilo absoluto — eu ri. — NO SEBO! — gritei em seguida.

Plínio caiu na risada. Riu tanto que começou a chover. Precisamos nos despedir correndo. Voei para a lanchonete do Bira, comi uns quatro pastéis, tomei um Gatorade (tudo bem, não combina, mas fazer o quê? Comer ovo empanado eu não ia, de jeito nenhum). Ajeitei a mochila na cabeça e corri para o sebo.
Cheguei encharcado.
— Credo, Felipe!... Onde você esteve? — Isadora-seca-como-uma-rosa perguntou.
Se estava chovendo e eu tinha vindo a pé, como é que chegaria? Pergunta boba.
— Cantando na chuva por ter arrumado um emprego...
— Ou por ter criado juízo. Vem cá, vou te dar um moletom sequinho.
Largou a clientela lá embaixo, junto com as apostilas de Literatura que devia estar estudando e me levou para a copa. Abriu um armário do canto e tirou um moletom novinho de dentro de uma sacola.
— Tá com cara de novo.
— Vai, tira esse aí que tá todo molhado e veste este. A calça até que não tá tão molhada...
Fiquei meio sem graça de ficar sem blusa perto dela. Por que seria? Cara, eu estava tremendo de frio.
Tirei o molhado e vesti o seco.
Ouvi um barulho.
— Quem é?
— Compradores, lógico... — Ela riu.
Descemos.
Tive um pouco mais de tempo de espiar as prateleiras lá de cima. Descobri que quarta-feira é o dia em que mais aparecem compradores. O que subi e desci, o que espanei de livro e o que procurei de Machado de Assis, as minhas memórias póstumas contariam. Alunos do cursinho noturno, talvez. Vi que Isadora também tinha um volume do *Memórias* do lado da apostila.
Antes de encerrarmos o expediente, subi para dar uma outra olhada na prateleira de cima. Como eu havia notado, não eram mais os mesmos livros do dia anterior. Agora era uma prateleira de livros infantis. Esquisito. Os livros infantis pareciam ficar encostados na parede da direita... Ou não?

— Felipe!
Isadora.
Droga. Cortou o meu barato.
Ela fechou o caixa, e quando fomos abaixar a porta o maior vendaval e outro pé de vento, com direito a chuva de gelo, desabou. — Sobe aí — ela mandou. — Eu te deixo em casa.
Subi. Não tinha outra alternativa.
Grudei na cintura dela, fazer o quê? A carne continuava fraca e eu não era nem um pingo vegetariano, como minha mãe queria.
A moto deu umas derrapadas. Estávamos os dois encharcados.
— Desce um pouco — pedi... — Assim devolvo a sua blusa e você pega uma das minhas ou então espera a chuva passar.
— E ela? — ela gritou.
O "ela" era a minha mãe, lógico.
— A Sandra só chega depois das onze. Está trabalhando.
E não é que ela topou?
Estacionou a moto na garagem da "Sandra".
Subimos.
Molhamos o elevador.
Abri a porta do apartamento e fui buscar uma blusa pra ela. As minhas ficariam enormes. Resolvi pegar uma da minha mãe. — Essa tá boa?
— Não parece ser sua. Pequena demais.
— É dela.
— Prefiro uma sua, das grandes.
Paciência. Menina difícil, essa.
Peguei uma vermelha. Ficaria bem com a pele dela.
Ela tremia de frio.
— Pode usar o meu banheiro, se quiser.
Mostrei onde ficava. Estava ligeiramente arrependido de não ter tirado as cuecas do boxe...
— Não repare na bagunça...
— Tudo bem...
Quando ela saiu, pude notar que estava vermelha. Tinha escovado o cabelo que ainda estava bem molhado.
— Você cheira bem.
— Eu quase não uso perfume...

Ela não viu os meus tênis no chão e tropeçou neles. Mania besta a minha. Chegava em casa e atirava os tênis pra qualquer lado mais perto. Se eu não a seguro, ela caía. Quase caiu. Mas eu segurei. E como a segurei. Ela ficou nos meus braços, me olhando, parecendo não me enxergar bem (acho que não enxergava mesmo).
Não resisti.
Primeiro fui passando a mão no cabelo dela, tirando da frente do rosto. Aí eu aproveitei que estava com a mão na cintura dela e apertei mais um pouco. Pude sentir que ela não usava nada por baixo. Aí veio o beijo com gosto de tudo. Simples, só um beijinho desses beijinhos que a gente dá por aí... Mas foi esquentando, esquentando, até começar a ferver a minha boca. Foi me dando um calor, aquele corpo tão grudado no meu, que parecia me queimar. A minha mão bobíssima foi subindo por baixo da blusa dela que por acaso era a minha. Aquelas costas tinham tudo... Ou melhor, não tinham nada. A mão dela entrou por baixo da minha blusa também e ela quase arranhou as minhas costas. De repente eu achei que estava caminhando de ré... Para a minha cama. E estava. Bom demais para o meu bico de dezenove anos. Ela deu um salto.

— Acho que essa sua blusa tem algum problema...

Antes tivesse. Antes tivesse um problema desses do tipo "desinibe moças", "esquenta tudo", "põe fogo". Mas viera com um defeito sério de fabricação: esfriara Isadora depois de cinco minutos de uso.

— A sua blusa... — tentei devolver.

— Amanhã... Ou então outro dia! — ela falou antes de fechar a porta da sala. — Já perdi a primeira aula do cursinho.

E simplesmente saiu correndo.

— Felipe! Cheguei mais cedo! Você deixou a porta da área de serviço destrancada! Menino mais sem juízo!

— Aí é que você se engana, mãe!

— Sabe quem vi pegando o elevador?

Já podia adivinhar.

Olhei pra baixo. Ela já estava saindo.

Olhei pra cima.

Bendita chuva. Quem sabe amanhã teria mais um tanto de água? Bendito céu!

O perfume

Cheguei atrasado para a aula. Só consegui lugar lá na frente. Tudo bem, aula dupla de Biologia. O problema foi o perfume da Vera. Ela tinha de chegar atrasada e sentar do meu lado? Não consegui prestar atenção. O Fred me cutucou com a caneta umas trezentas e oitenta e oito vezes. Comecei a sentir até dor nas costas... Provavelmente a caneta dele tinha perfurado meu pulmão porque eu não conseguia respirar. Bom, acho que não conseguia respirar também por causa do perfume da Vera. Que perfume seria aquele? Ficou no meu nariz e não saiu mais.

No final da aula, criei coragem e perguntei a ela:

— Tudo bem, você anda brava comigo, mas dá pra pelo menos falar que perfume é esse?

— Não estou com perfume. Deve ser algum perfume de ontem que provavelmente alguém usou com você! — ela explicou, irritada.

Seria mesmo? Só saberia depois das aulas.

Tentei esticar o assunto mas não consegui. Morremos por ali. Pena.

Eu ainda sentia qualquer coisa por ela, não sei bem o quê, mas sentia.

Pastel e coca no almoço, comida bem nutritiva como mamãe pedia.

Voei para o sebo.

Isadora estava lá, atendendo duas pessoas.

Falei um "Oi". Ela respondeu meio seca, acho.

Enquanto guardava meu material na bancada do caixa, senti o maldito. Ou bendito, sei lá. O perfume. Era o perfume da Isadora que havia ficado no meu nariz.

— Vai atendendo aqui embaixo que eu preciso subir, Felipe. O chefe tá lá em cima. Eu ainda nem falei de você. Ah, e aqui está o seu moletom. Coloquei na secadora pra secar, tá? — ela cochichou. — Tirei o alfinete que estava na etiqueta. Blusa nova, né?

Tudo por causa do alfinete! Talvez se ela não tivesse sido espetada, tivesse ficado... Bom, teria trombado com a "outra", a quem achava perua.

Não tive tempo de ficar pensando no assunto, porque o movimento começou a aumentar. Era aluno da PUC que não acabava mais. Descobri, meio que tardiamente, que tudo quanto era aluno vinha parar no sebo. Os livros que os professores das universidades pedem na maioria das vezes são caros demais para os alunos.

Primeiro, vieram uns alunos de Psicologia, pela quantidade de Freud. Depois uns de Letras, pela quantidade de Roland Barthes; depois uns de Medicina pelos Anatomia e Fisiologia; depois um batalhão de crianças querendo livros do Lobato.

Mais de três horas e ela não descia. O movimento estava mais fraco e resolvi subir.

Isadora estava descendo.

— Pronto. Tudo certo. Ele pediu para você providenciar a sua carteira de trabalho. Ele não gosta de ninguém sem carteira.

— E cadê ele? — perguntei.

— Está lá em cima, com o seu Roberto. Eles sempre têm coisas para acertar, para colocar em dia.

Nem uma palavra sobre ontem à noite.

— Esse seu perfume...

— O que tem ele?

— Nada — respondi. Achei melhor continuar trabalhando, já que ela não me dera muita bola.

Entrou gente, saiu gente, vendemos livros, compramos um pouco.

Resolvi subir para o banheiro. Quando ia saindo do banheiro para tomar um cafezinho na copa, ouvi duas vozes muito conhecidas... E o que era pior, as vozes estavam na copa, em frente à garrafa térmica do café, olhando pra mim.

— Boa tarde.

— Como vai? — o primeiro perguntou.

— É você o novo funcionário meio período?

— Bom, se quiser me chamar assim, tudo bem. Mas meu nome é Felipe, o meio período.

Os dois deram risada.
— Tome o seu café, Felipe.
— Não, eu só ia tomar um copo d'água.
— Pois então tome... — o que me chamou de meio período ofereceu.
Tomei minha água e desci.
Tinha certeza! Eram os dois que estavam combinando alguma coisa. E ainda por cima, o dono era um deles e o restaurador o outro. Onde eu tinha caído!
Fiquei pensando em conversar com a Isadora, mas não teve clima.
— Encontrou os dois lá em cima? O que achou do dono? É simpaticão, não é? Tratou bem você? Comigo nunca teve problema. Você vai ver, com você também não vai ter. E depois uns dias de férias em janeiro... Olha, vou falar pra ele te dar a cesta básica. Assim você não precisa pedir pra ela...
O que eu ia falar pra essa burra? Como ela pensava bobagem! Eu, preocupado com aqueles dois lá em cima, e ela preocupada com cesta básica. Minha mãe era a própria "básica" em pessoa! Lá vinha a cleptolivros de novo.
Isadora grudou nela e eu fiquei no caixa.
Depois que ela saiu (levando mais meia dúzia de M. Delly dentro da sacola, todos com dedicatória), comentei com Isadora que aquela parte de cima devia ter ficado meio abandonada antes.
— É por isso que eu pedi pro chefe mais alguém... Assim a gente sempre sabe quando alguém vai lá em cima.
Não tivemos tempo para papo.
Quando íamos abaixando a porta de ferro, gritei:
— Esquecemos os dois lá dentro!
— Tá esquecendo que um dos dois lá dentro é o dono, Felipe?
Matou. Acontece que aqueles dois eram dois qualquer coisa esquisita.
— Olha, tô com pressa porque tenho que passar em casa, comer alguma coisa correndo e voar pro cursinho. Tenho prova hoje. Não dá pra te levar.
E foi embora na moto.

Fiquei ali, parado, com uma cara meio besta. E eu nem sabia se ela tinha pai, mãe e irmãos. Pelo menos sabia que ia pra casa, comeria alguma coisa e teria prova no cursinho. De quê?

Sentei na calçada para amarrar o tênis. Levantei e fui até o bar da esquina para tomar aquele café que não tinha tomado. Quando ia saindo, ouvi barulho da porta de ferro. Resolvi ficar meio disfarçado com a mochila de lado, escondendo o rosto e vim andando devagarinho.

— Tudo certo, então?
— Tudo certo.
— Hum... Achei que tivesse problemas.
— Nada não. Só preciso de mais tempo pra terminar... É só.
— Qualquer coisa me avise. Não quero ter contratempos com bons clientes de fora, muito menos com os daqui.
— Fica tranquilo. Estamos dentro do prazo.

Puxei o carro antes que os dois me vissem.

Eram eles. Precisava ficar atento e de olho no dia treze. O que eu poderia fazer? Amanhã teria uma conversa séria com a Isadora. Melhor preveni-la do que remediá-la. Era esse o ditado? Não, melhor prevenir-me do que remediar-me. Não. Melhor ir pra casa correndo antes que minha mãe cortasse o meu barato de trabalhar fora. Estava ficando tão interessante!

Papeamos, comemos todo aquele verde bandeira, verde folha, verde garrafa, verde de ficar no molho anticólera, vermelho-tomate, vermelho-beterraba, vermelho-pimentão, cenoura-cenoura, e mais umas coisas de soja que nunca consigo diagnosticar. Enquanto mamãe arrumava a cozinha, fui para o quarto estudar. Assim que tirei meu moletom da sacola, senti aquele cheiro miserável de bom.

O perfume!

Acabei vestindo o moletom perfumado e estudei o resto da noite com ele. Acho que dormi com ele também. Acho, não. Tenho certeza.

Jogue o papai do sebo

Cursinho começa com V. V de Vera.
Fiquei com uma bronca danada. Ela estava praticamente sentada no colo do Marião na hora do intervalo. Praticamente seria o mesmo que afirmar que estou completamente cego. Ela estava no colo dele. E continuou lá depois do sinal. E continuou lá na quarta aula, e na quinta e na sexta. E eu não prestei atenção em nada porque fiquei pendurado na janela da classe.
Cursinho começa com C. C de ciúmes. Por quê, se eu achava que estava gostando da Isadora?
Aproveitei os tíquetes-restaurante da mamãe e fui para o restaurante do quilo. Sozinho, né, já que a tropa toda do cursinho ia pra casa.
Prato pesado, depois sentar à mesa, sinto um cabelo nas minhas costas.
— Posso?
Isadora.
— Quem ficou no sebo?
— Puxa, funcionário preocupado! Gosto disso.
Fiz sinal pra ela sentar.
— Quem ficou? — tornei a perguntar.
Dali do restaurante dava pra ver que estava aberto... Só não conseguia ver quem estava no caixa.
— O dono... — ela respondeu.
Resolvi contar o que eu descobrira, se é que frases soltas fossem alguma descoberta... Acontece que coisa boa não era.
— Isadora, preciso contar uma coisa.
— Eu também — ela respondeu de boca cheia.
— Você primeiro — eu pedi com a boca cheia também.
— Não, você primeiro. Foi você que teve a ideia...
— Ideia do quê?
— De começar... — ela riu.
— Mulheres primeiro.
— Hoje em dia não tem mais essa coisa machista de mulheres primeiro.

— Então seja "cavalheira" e comece... — pedi.
— Tá bom... — ela engoliu um gole de água. — Sabe o dono?...
Pronto. Ela também estava desconfiada.
— Eu nem sei o nome dele... — continuei.
— É Cláudio. Ah, vou falar e pronto. Sabe, eu não falei antes nem sei por que, você podia achar que eu estava com coisa... Ah, não falei de bobeira mesmo. Não tem nada de mais...
— O quê? Você tá saindo com ele? E falando de mim?
— Não, ele é meu pai.
Pronto. O pai era patrão e ladrão. E agora, o que eu ia dizer? Que estava desconfiado do pai dela e do seu Roberto? Que eles estavam desmanchando alguma coisa, joias, sei lá, e que estavam escondendo dentro dos livros?
— Por que você não contou antes?
— Faria diferença?
— Faria!
— Você não aceitaria o emprego?
— Sei lá... É que você mentiu. Não gostei.
E não gostei mesmo. Como é que ia bisbilhotar o pai dela agora? Vai ver que o seu Roberto era tio.
— E o seu Roberto? É seu tio?
— Imagina. Ele é um funcionário assim meio que de horário livre. Tem de fazer certas coisas... Se não faz lá no sebo, faz em casa... Encadernação, restauração... Não precisa ser feita só lá na loja. Ele pode fazer onde quiser. Agora conta o que você ia falar... Estou curiosa.
Acabei inventando uma bobagem.
— Estava assistindo um filme ontem e fiquei o tempo todo pensando em você...
— Só isso?
— E o que você queria?
— Sei lá, achei que fosse uma outra coisa.
— Puxa, fiquei pensando o tempo todo em você... Isso não é importante?
— Que filme era?
Hum... E agora? Ela tinha me apertado.
— *Jogue a mamãe do trem.*

— Puxa, que filme! Pensarei em você enquanto estiver assistindo *Allien, o décimo-oitavo passageiro*. Que tal?
Bom, pelo menos dessa eu tinha escapado. Teria de tomar o maior cuidado de agora em diante. Isadora. Filha de um sei-lá-o-que-perigoso.
— Melhor do que nada.
Estava desanimado. Mais quatro dias e eu iria (ou quem sabe, não) desvendar o mistério daqueles dois. E agora, como é que ia fazer? Talvez a filha fosse aquilo que chamam de conivente...
— Que cara é essa?
— Cara de quem comeu muito.
— E gostou do que comeu?
— Um pouco indigesto... Minha mãe sempre diz pra pegar o que é mais saudável... Pronto. Tinha dito a palavra mágica. Mãe.
— Puxa, faz tempo que estou pra perguntar se você tem mãe ou se é filho de incubadeira. Você tem mãe?
Como fazia tempo que queria saber sobre a minha mãe? A gente se conhecia há tão pouco tempo!
— Faria diferença?
— Faria!
— Por que faria diferença? E se eu for um menor abandonado?
— Abandonado você não é, já que tem aquela perua...
— Aquela perua tem nome.
— E qual o nome da perua, mesmo?
— Sandra.
— Hum... Sandra não é nome de perua. Preferia que tivesse um nome mais chamativo.
Tanta conversa jogada fora e eu querendo ir trabalhar pra descobrir coisas... Como, por exemplo, por que haviam mudado aqueles livros de Medicina de lugar.
— Por que mudaram aquela prateleira toda de livros de Medicina de lugar? — perguntei.
— Mudaram? Sei lá. A faxineira e o seu Roberto mudam as coisas de lugar. Ele fica invocado com a disposição e muda. Bem, às vezes chegam mais livros e aí, pra manter os do mesmo

assunto juntos, desocupam uma prateleira menor e passam para uma maior.
— Não me parece lógico.
— E não é. Mas eu não discuto com ele.
— Nem com a sua mãe?
— Minha mãe morreu... — ela suspirou.
O resto do papo ficaria pra depois.
Levantei e peguei minha bandeja.
Isadora fez um escândalo discreto e pagou o meu almoço.
Atravessamos a rua e fomos para o sebo.
Ela tomou o seu lugar no caixa e eu subi.
— Onde você vai?
— Posso ir ao banheiro?
Ela deu risada.
Subi. Dei uma disfarçada e entrei no banheiro sem ser visto.
Abri um armarinho em cima da porta. Quase enfio o meu pé na privada.
Nada.
Ouvi um barulho. Grudei meu ouvido na parede do banheiro. Conversa ao telefone... Pelo menos era o que parecia.
— Faltam quatro dias...
....
— Aqui está tudo calmo.
...................?
— Imagine. É um bobo.
............?
— É um desses que Isadora conheceu por aí e contratou. Não desconfia de nada.
— ....!
— Fica calmo. Dispenso o rapaz no dia treze.
...................?
— Não, por que desconfiaria?
...................!
— Esse vai ter outro fim.
— ....?
— Não, estou falando do telefone sem fio.
— ....?
— Ninguém, eu já verifiquei.

51

— ....!
— Tudo bem, tudo bem, vou dar uma outra olhada...

Pensei em mergulhar no vaso sanitário e dar uma autodescarga, ou então virar contorcionista e entrar no armarinho, mas achei melhor abrir a porta com cuidado e sair devagarinho antes que o seu Cláudio me pegasse no "flagra".

Antes de descer a caracol, passei a mão num livro pra disfarçar.

— Rapaz, ei...

Era o próprio. Será que tinha me visto?

— Hã? — perguntei.
— É surdo? — ele riu.
— Como? — insisti.
— NÃO OUVE? — ele gritou.

Coloquei a mão no ouvido esquerdo, em concha.

— Dá para o senhor falar mais alto?
— Algum problema com o ouvido?
— SURDEZ DE NASCENÇA... Parece que foi no parto...

Ele parecia ter acreditado!... Ou sabia disfarçar bem.

— Está levando esse livro para alguém?
— É, uma senhora pediu Os imortais.

Ele pegou o livro da minha mão.

— NÃO SE ENGANOU NO TÍTULO?
— Como? — insisti na surdez.
— Os Imorais — ele apontou a capa.

Fiz uma cara de idiota.

— Acho que não ouvi direito... Mas acho que sei onde está Os Imortais... O senhor não viu meus óculos por aí? — menti.
— Não.

Ele virou as costas e voltou para a copa.

Isadora me chamou:

— O que é essa falação aí em cima, Felipe?

Desci rapidinho.

Nunca vi um surdo sarar tão rapidamente: eu estava completamente bom do ouvido esquerdo... Mas do direito, assim que levei um tombaço da escada, caindo em cima dos *Imorais*, senti uma dor violenta na orelha, e, consequentemente, no ouvido. Acho que por castigo divino, devido à mentira, ficaria surdo mesmo.

— Nossa, deixa eu te ajudar, — ela correu. — O que houve?

— Caí... Estou sem a lente...

Outra mentira. Devia ter falado óculos, mas já tinha me saído com essa.

— Isadora!

Era o pai dela chamando.

— Já vou.

Pronto. Se um conversasse um pouco com o outro, eu estava frito.

Quando ela voltou, achei que estava meio distraída e só. Nada de diferente.

— Seu Roberto não estava por aí? — perguntei.

— Não sei... Acho que sim... — ela respondeu, distraída.

Fechamos a loja meia hora mais cedo. Ela mal se despediu de mim e saiu. Ia pro cursinho e nem me ofereceu carona. Fiquei na rua, olhando para cima, vendo aquela luz acesa na sala do andar de cima, onde seu Cláudio devia estar agora arquitetando algum plano. E estava. Estava me "arquitetando": estava me espiando por entre a persiana. Puts. Estava frito!

Fingi que estava procurando alguma coisa pela calçada. Não sei se colaria, mas pelo menos, era uma tentativa. Se Isadora não tivesse esse pai tão suspeito... Puxa, ela bem que podia ter um pai menos " ensebado!".

Sandra & Selma

Cheguei em casa, tomei um banho e, quando vou abrir o meu íntimo micro-ondas, descubro um verduíche com um bilhete da mamãe:

> *Felipe: resolvi sair com a Selma. Fomos ver* Sandra & Selma. *Tudo bem, já vi uma vez e é do ano passado, mas o convite pintou e eu enfiei a dor na consciência por*

deixar você sozinho no meu criado-mudo, respirei fundo setenta e quatro vezes e saí cheia de remorsos assim mesmo. Não demoro. Beijos. Sandra.

Puxa, hoje que eu ia contar pra ela!
Ia nada. Bom, talvez fosse, sei lá, até o telefone tocar.
— Pronto.
— Felipe?
— Vera?
— Não, é a tia dela, que fez plástica na voz.

Esqueci por uma boa hora os meus problemas no sebo e fiquei conversando com ela. Puxa, que coisa mais boa falar com quem a gente gosta. Será que eu não estava mais a fim da Isadora? É que a Vera não tinha um pai problema, e isso facilitava um bocado as coisas.

Embalos de sábado à tarde

Perdi a hora. Acho que metade do meu complexo de culpa pude dividir com mamãe: ela admitiu que não quis me chamar para o cursinho porque ficou com pena de mim. Quando chegou, eu estava dormindo de roupa e tudo, telefone na mão, abraçado comigo. Eu estava "dormindo com a Vera". Ficamos falando tanto ao telefone, que acabamos dormindo juntos. Brigamos muito também. Descobri que ela fala durante o sono e ela me acordou lá pelas tantas para dizer que eu estava roncando alto.

Minha mãe quis saber do meu emprego. Disse que de tarde passaria lá para dar uma espiada no lugar, apesar de já o conhecer.

Disse pra ela que eu ia fazer "serviço externo".
— De que tipo?

— O patrão não falou. Só disse que eu teria de levar uns livros pra ele.
— Bom, parece um local saudável, meu filho. Livros! Nunca poderia imaginar que meu filho fosse se envolver com livros!

Se a Sandra imaginasse com que tipo de "enredo" eu estava metido, teria uma crise de asma. Com direito a bomba!

Almoçamos e saímos. Ela para uma reunião extra na PUC e eu para a forca, de moto.

Assim que cheguei, pude notar que o movimento era imenso. Sábado era dia de pauleira.

Ainda bem que tive a "presença de espírito" de pegar os óculos do meu pai para dar uma disfarçada.

— Oi — Isadora cumprimentou.

— Oi, tudo bem?
— Ué, nunca vi você de óculos!
— Não consigo achar minhas lentes...
— Hoje o movimento tá danado!
— Seu pai tá aí?
— Por quê? Ele atrapalha?
— Não... Só perguntei por perguntar... Ele pode ser ciumento e implicar com a gente — cochichei.
— Hum, você tá falando sério? — ela riu.

Puxa, aquele perfume! E as pernas então? Ela encostou a perna na minha e eu senti um frio danado. Por que eu ficava feito bobo perto dela? Ela tirou os óculos e tirou os meus também. E ali, em pleno caixa, me deu um beijo rapidinho, compridinho.

Puxa, que beijo. Fiquei caidaço! Que se lascasse o pai dela e o tal Roberto.

Decidi que esqueceria "o que era mesmo?"

....

Fomos de moto para um barzinho.

Quem?

Eu e Isadora, mais as pernas dela, o cabelo dela, a boca, os óculos na mochila, os nossos beijos, as nossas mãos fervendo.

Falamos sobre mil coisas. Ela gostava de música clássica. Eu curtia mais outras músicas sem ser clássicas. Ela gostava de ópera! Falou nomes, contou coisas interessantes, até cantarolou um trecho (bem baixinho) de uma ária. Descobrimos que éramos do mesmo signo. Eu disse que não acreditava em horóscopo. Ela sabia quem ascendia onde, como, quando. Uma *expert*. Contei das minhas receitas na cozinha e ela falou das dela. Rimos. Tínhamos três sanduíches preguiçosos em comum. Falei que queria fazer Medicina. Ela riu.

— Médico?
— É. Médico do quê, eu não sei. Mas médico.
— Achei que quisesse fazer outra coisa.
— Como o quê, por exemplo?
— Não sei.
— Quem sabe eu vá escolher alguma coisa diferente dentro da Medicina.
— Como o quê, por exemplo?

— Mentes... — tremi a voz.
Ela riu.
— E você? — perguntei.
Ela ainda estava na dúvida. Letras, Direito, Biblioteconomia.
— Puxa, não tem muito a ver uma coisa com outra...
— Como não tem?
Tinha, não tinha.
Ficamos conversando sobre um monte de profissões. Conversamos sobre nossos professores de cursinho. Alguns eram os mesmos. Como o de Biologia.
— Você gosta da aula dele?
— Em algumas eu durmo. Ele fala mole!
— Experimenta prestar mais atenção. Ele tem umas piadas legais! Eu morro de rir.
Tentaria. Acho que alguém da classe já tinha falado isso. Precisava ficar mais ligado.
Descobrimos mais coisas. Quando ela estava me contando de uma ilha maravilhosa que tinha conhecido no ano passado, ouvimos a porta do barzinho fazer um barulhão. Puxa! O lugar estava fechando!
Saímos.

Quase dormindo com o inimigo

Isadora me convidou pra entrar no apartamento dela.
Eu sei que era tarde, mas não quis recusar um "sorvete" do *freezer*.
Enquanto ela me mostrava como fazia uma cobertura de morangos com mel no micro-ondas, eu ia mordendo o biscoito que acompanharia o sorvete.
Fomos para a sala. Ela ligou o som.

— Vou colocar uma música bem baixinho... Apesar de gostar de ouvir no último — ela falou toda séria.
Essa aí eu conhecia. De onde eu não sabia. Algum comercial de tevê?
O interfone tocou.
Isadora pediu desculpas, dizendo que tinha de descer até a portaria por "cinco minutinhos". Estranho. Era tarde pra burro...
Ela ficou tanto tempo lá embaixo, que eu comecei a andar pelo apartamento. Entrei no quarto que estava com a luz acesa. Como seria o quarto dela? Bonito. Uma porção de livros nas prateleiras, bem arrumados. Alguns quadros. Uma cama grande. A gaveta da escrivaninha estava aberta. Escancarada para bisbilhoteiros, acho.

> *Você está se envolvendo mesmo ou é impressão? Volto terça. Papai.*

O que significava aquilo?
Abri outra gaveta. Nada.
Abri mais outra. Uma foto. Ela e o seu Cláudio, que não parecia tão mais velho que ela, encostados numa moto, quase se beijando na boca, tão grudados. Que pai e filha o quê! O que era aquilo?
Fiquei confuso. Virei a foto. Atrás, eu pude ler: "Dora e Cláudio. Monte Verde".
Joguei a foto na gaveta, passei pela sala e saí.... Antes que o Cláudio resolvesse ter "ciúmes", já que podia simplesmente não ser o pai dela!
Pensei em deixar um bilhete, mas achei que não valia a pena.
E eu ali achando que a Vera não existia mais, caidaço estava pela Isadora. Estava servindo do que pra ela?
Não soube responder.
Peguei minha moto e me mandei. O que ela iria pensar de mim quando voltasse? Sei lá, podia pensar o que quisesse já que tinha me deixado plantado lá em cima por mais de nem sei quanto. Eu queria mais era cair fora, não me envolver com essa Isadora, que devia estar metida até o pescoço em alguma encrenca com o tal Cláudio e o "seu" Roberto.

Cheguei em casa pé ante pé, na maior moita. Em cima da minha cama, bilhete da minha mãe:

A Vera ligou. Está uma fera. E com razão. Por onde você andou? Não por nada... Sandra.

Não consegui dormir. Levantei umas mil e oito vezes, tomei oito chuveiros quentes e quinze frios, porque nessa altura do campeonato a água quente do aquecedor já tinha ido "pro ralo do brejo". O telefone tocou. Atendi mas fiquei mudo. Deviam ser umas nove da manhã.

— Felipe? Estou falando baixinho porque essa mulher aí pode estar escutando. Você foi embora porque ela descobriu e tá no teu pé?

Resolvi sair da mudice.

— Isadora, eu estava...

— Tudo bem, tudo bem... Eu recebi um bilhete. Uma mulher o deixou lá na portaria. Tá aqui comigo: "Deixa ele em paz. Ele é meu". Foi a "perua", né?

E agora? Quem teria escrito esse bilhete? E que mania era essa de chamar minha mãe de "perua"? É... só faltava essa!

— Não, ela nem está aqui. Está viajando. Viajando a negócios... — respondi.

— Então volta, vai. O papo tava bom, o dia tá frio e hoje é domingo...

— Desculpa por ontem, Isadora...

— Eu é que tenho de explicar o que aconteceu. Demorei muito, né? Você me desculpa que eu te desculpo também.

— De que? — estranhei.

— De ter mexido nas minhas coisas... Derrubou a foto do meu pai no chão do quarto. Era a preferida da Dora, minha mãe...

Saco! Era a mãe dela na foto! Bem que eu achei que ela tava fazendo o gênero mais pra "voltei de Woodstock a pé" do que pra Isadora...

— Amanhã a gente conversa... — foi a única coisa que consegui articular.

— Tudo bem — ela concordou. — Aproveito pra estudar um pouco.
Desliguei o telefone me sentindo mais atrapalhado ainda. Mamãe acordou mais tarde. Perguntei pra ela se andava me seguindo e distribuindo bilhetes.
— Bilhetes? Bilhetes onde? Você está ficando maluco?
Não. Ela havia sido categórica. Minha mãe nunca mentia. Ou mentia?
Fiquei meio nem lá nem cá. Confiaria nela até que provasse o contrário, quer dizer, deixasse outro bilhete.
Já ouviu falar de faxineira que vem aos domingos? Pois a nossa vem.
Fui obrigado a sair da cama e praticamente despejado do apartamento para que pudessem "pôr ordem no galinheiro".
Telefonei para o Gabriel. Sorte. A gente iria estudar junto. Teria onde ficar nesse domingo mais besta.
Fui pra casa dele. Entre um estudo e outro, fiquei na dúvida se contava tudo pra ele ou não. Achei melhor não, já que não contara nem pra minha mãe.
— Sabe que a Vera ficou com o Bruno ontem?
Eu planejaria um contra-ataque. Vera bandida. Estava fazendo de propósito.
— Ah, é?
— É. Também, você sumiu, né cara?
— Comecei a trabalhar, deu pra notar?
— É, mas não precisa matar a namorada nem os amigos. A gente tá por aqui, do mesmo jeito.
— Comece a trampar pra você ver como é dose! Não dá tempo pra nada!
— É, deu pra notar... Lembrou que tem prova amanhã?
— Puxa, e ninguém me avisou?
— Puxa, e você presta atenção no que tá rolando em volta? Parece que tá no mundo da lua!
É. E estava mesmo. Mas depois de terça-feira, desceria da lua e entraria em órbita de novo. Isadora tinha falado em prova antes de desligar. Provas do pessoal do noturno. E eu teria prova também! Eu precisava mesmo entrar em órbita.
Acabei almoçando na casa do Gabriel, com os irmãos e os pais dele. Era tão bom ter uma família!

— Tá vendo, Gabriel... Ele tem um emprego. É um moço responsável!

— Também não é assim, dona Eleonora... — tentei defender o meu amigo.

— Na sua idade, eu já trabalhava também, Felipe. Parabéns. Quem sabe o seu amigo Gabriel siga o seu exemplo.

— Mãe, tentei uma vaga na Polo by yourself, lembra?

— Não estamos falando com você, Renato. Olha a sua idade!

Pronto. Eu com um ameaço de emprego, cheio de pepino, filando almoço e arrumando encrenca para o Gabriel.

Tentei um conserto:

— É que eu não tenho pai, sabe como é que é, a coisa fica mais difícil!

— Pois do jeito que tudo anda, seu pai aqui, Gabriel, vai acabar enfartando! Olha só a cor dele! — dona Eleonora concluiu.

Não tinha conserto. Acabou virando uma discussão sobre emprego/desemprego e foi finalizar no colesterol do lombo que a gente estava comendo.

Estudamos um pouco mais à tarde.

Já era quase noite quando fui pra casa.

— Puxa, já estava preocupada, Felipe. Onde você estava não tinha telefone?

— Tinha, mãe... Mas é que ficamos estudando.

— Seria muita indiscrição saber onde você foi ontem?

— Não.

O papo morreu por aí. Ela sabia que eu não mentiria e também sabia que eu não estava a fim de contar. Como ela não queria ouvir nada que fosse na marra, matou o assunto. Sandra sempre soube que eu não passaria a noite em alguma festa de embalo, no meio de drogas e tudo o mais. Minha mãe sabia respeitar o meu espaço, a minha privacidade e o meu "sono" fora de casa.

Jantamos uma pizza de espinafre que estava uma delícia para uma pizza de espinafre.

Tomei um banho e caí duro... No estudo. Amanhã teria o cursinho e uma baita prova. Depois... Ah, o depois! Cairia duro na cama!

A coisa (Parte 1)

Tentei prestar atenção mas não consegui muito. A Vera estava de papo com o nem-quero-falar-o-nome. Fiquei superirritado.

Acabou a prova, fui para o " Flor Pastel", engoli um de cada tipo (carne, palmito, queijo), um guaraná e desci para o sebo.

Cena 1:
— Oi.
— Oi.
Felipe guarda a mochila embaixo da caixa registradora.

Isadora fica olhando para o lado oposto. Está com uma calça tão justa que parece que vai arrebentar a qualquer momento.

— Desculpe por ontem.
— Prefiro não falar sobre isso. Foi até melhor.
— Assunto encerrado?
— Quase. Tá aqui o bilhete que eu recebi... É da "perua?"
Olhei a letra. Parecia a letra da minha mãe. Só faltava essa. Ela tinha me seguido e tinha deixado um bilhete no prédio da Isadora. Não tive outra escolha a não ser concordar.

— É, é da perua! — admiti. — Olha, Isadora, preciso...
— Caso encerrado, Felipe. Quase, né?
— Vamos encerrar por enquanto — consenti.

— Leve esses livros que recebi agora para a prateleira 28, no fundo — ela ordenou feito um general da ditadura.
— Já tem código?
— Já.

Cena 2:
Três da tarde e nenhum papo rolando, a não ser os de praxe, com clientes:
— Tem CINCO MINUTOS?
— Não, mas daqui a pouco tenho um.
— É lógico que temos!
— Você não tem senso de humor! Eu quis dizer que daqui a pouco eu tenho um ataque de "cinco minutos" se continuar me tratando com tanta indiferença!
Risada sem graça.

Cena 3:
Pausa para o banheiro. Não há ninguém lá em cima (estou falando dos suspeitos), a não ser supostos compradores.

Cena 4:
Cinco horas. Isadora está pendurada no telefone há um tempão. O serviço ficou todo pra mim. Ela faz de propósito.

Cena 5:
Seis e meia. Antes de fechar o caixa, ela me diz:
— Amanhã você está dispensado.
— Por quê? — estranhei.
— Vamos fazer um balanço.
— Mas amanhã é... — Ia dizer que era dia treze, mas achei melhor ficar quieto.
— Amanhã é dia treze, dia do balanço do trimestre. Não é um balanço desses de contas e tudo o mais, é um balanço de vendagem, o que vamos vender mais barato, o que vamos adquirir... Sei lá se é só isso ou se é isso mesmo. Quem faz essa coisa toda é o meu pai e o seu Roberto. Eles preferem que a gente não fique por aqui porque eles fecham a loja.
— Fecham de ficar fechado?
— Depois das quinze horas.
— Então eu venho até esse horário, depois vou embora pra casa.

— Nada contra.
Pois eu viria mesmo, nem que o sebo estivesse lacrado. Aí tinha coisa. E como!

Cena 6:
Ela sobe na moto e nem olha pra trás. Eu vou pra casa olhando o tempo todo pra trás. Acho que alguém está me seguindo.

A coisa (Parte 2)

Estudei pra outra prova.
Não consegui dormir direito.
Acordei antes das seis. Prova às sete em ponto. Uma prova imperdível que só acabaria na última aula, às 12h20. Sairia um pouco antes, uns oito, dez minutos até uma lanchonete perto do sebo e às 13h em ponto eu estaria lá dentro.
Deixei um bilhete em cima do meu travesseiro, caso acontecesse alguma coisa comigo:

Mãe, estou no sebo. Estou tendo problemas. Chame a polícia se eu não aparecer até as onze da noite. Acho que me meti numa encrenca. Felipe. PS: Depois quero saber por que você anda me seguindo e distribuindo bilhetes!

Achei bobagem deixar o bilhete ali. Ela não vinha almoçar em casa mesmo!
Enfiei debaixo do travesseiro.
Tomei um gole de café e voei para o cursinho. Procurei me concentrar na prova.
Antes de puxar o carro na última aula, pedi para o Gabriel ficar com a minha mochila.
— Pra quê, cara?

— Deixa ela na portaria do meu prédio pra mim? É seu caminho mesmo!
— Meio folgado, você...
— Dá ou não dá?
— Tudo bem, Felipe. Eu largo lá.
Parecia esquisito mas eu não queria perder um minuto. Desci em direção à lanchonete Cainanait. Ela ficava aberta durante o dia também. Comi um queijo quente e tomei uma Coca saudável.
Fui para o sebo.
Isadora não estava lá embaixo.
Para minha surpresa, quem é que eu encontro?
Seu Roberto, seu Cláudio e a faxineira.
— Isadora não te avisou? — seu Cláudio perguntou.
— Disse para eu vir até as três... — respondi com cara de bobo.
— Até as duas já está bom! — seu Cláudio respondeu.
A faxineira subiu com o balde e o esfregão, seguida pelos dois.
Fiquei tomando conta do caixa e atendendo alguns clientes.
Na verdade, só entraram três, sendo que um subiu e não desceu mais.
Tentei ouvir alguma conversa mas não consegui.
Às duas em ponto fui "convidado" a puxar o carro e a abaixar o portão de ferro.
Me despedi falando um "até logo" bem alto e batendo com força a porta de ferro... Só que eu fiquei pra dentro e subi a escada de caracol, me escondendo atrás da primeira estante que vi. A porta do escritório estava aberta. Silêncio. Acho que ficou silêncio bem uns dois longos minutos.
— Ele já foi?
— Já.
— Bom, o que temos aqui?
— Esses diamantes são os mais puros! Devem valer uma fortuna!
— O dinheiro está com você?
— Está. Agora está.
— Não gosto muito disso... — falou uma voz de mulher.

ISADORA!!! Mas de onde ela teria saído? Talvez não tivesse saído... Talvez estivesse o tempo todo lá em cima, escondida em algum lugar!

— Não se trata de gostar ou não, Isadora... Se trata de ganhar!

— Deixe o moço aqui fazer uma avaliação dos diamantes. Ele é especialista nisso.

Ah, então havia mais um! Era o cara que havia subido e não havia descido.

— Pode entregar que eu confiro.

Silêncio.

— É, são puros.

— Poderia me dar o valor em dólares?

— Acredito que em torno de 200.000 dólares os quatro juntos. Agora, quanto ao preço unitário, sempre se pode ganhar mais por peça... Talvez uns sessenta neste, oitenta no maior, cinquenta neste outro e setenta neste aqui.

— Melhor vender tudo junto para o mesmo comprador.

Estava ficando tão nervoso que nem sabia mais reconhecer a voz de um e a de outro.

— O comprador mandou cento e setenta mil. Tem interesse por todas as peças.

— Com isso eu não fecho.

— Melhor fechar, assim garante.

De onde vinham essas joias e para quem iriam?

— O *sheik* tem pressa. Quer fechar o negócio hoje.

Minha segunda resposta estava completa.

— O *sheik* sempre tem pressa. Acontece que mandou cento e setenta. Você não ouviu o rapaz? Valem mais de duzentos!

— Gente, acaba logo com isso. Eu não estou gostando dessa história! Esse negócio de vender diamantes aqui no sebo não é legal, eu tô falando!...

— Deixa pra lá, Isadora! Negócio é negócio... Quer melhor negócio que esses diamantes? Livros, talvez!...

Risadas.

Passos.

Pelo passo leve, era Isadora. Fui me esgueirando até que me espremi num vão. Inútil pensar que ninguém me veria ali, mas com aquele monte de livro na frente, se eu tivesse sorte, só a minha amiga barata ruiva velha de guerra me veria. Pelo barulhão, Isadora tinha levantado a porta do sebo e tinha saído.

Duvido que tivesse me visto. Estava tão espremido que se aquela minha amiga aranha peluda também aparecesse de novo, não me veria nem com binóculo.

Foi aí que a conversa ficou mais interessante.

— Isadora não desconfia de nada, Cláudio?

— Duvido, Roberto. Imagina se ela fica sabendo que esses diamantes não são retirados de minas, lapidados por você e vendidos para esse *sheik*...

— É... Se soubesse que trabalho na Joalheria Montblanc e que retiro esses belezinhas trocando por outros... Não tão caros nem tão verdadeiros, estragaria nossos planos!

— Lavagem de dinheiro do *sheik*, dentro da própria embaixada! Isso é um detalhe que EU TAMBÉM desconhecia...

— seu Cláudio reprovou.

— Detalhes, detalhes... — a terceira voz.

Abaixaram o tom de voz. Por mais que esticasse o pescoço e virasse avestruz, não consegui descobrir o final da conversa.

....

— Aqui está o dinheiro na maleta. Vamos fechar? O outro tanto amanhã, na entrega dos outros dois... Culpa sua... Se tivesse trazido os seis diamantes de uma vez!...

— Não deu, lembra?

— Tudo bem.

— Você vai levar o dinheiro assim, na rua?

— O carro tá aí do lado. Fica frio.

Maldita barata. Ou era a mesma ruiva ou prima dela.

Passos.

Seu Roberto desceu. Fiquei encolhido mas pude ver que saíram ele e o tal avaliador. Saí do meu cantinho e me esgueirei até o alto da escada.

Isadora voltou com um sanduíche na mão.

Assim que o pai dela trancou a portinha, vi que a puxou pelo braço e contou:

— Isadora, vou colocar os outros dois diamantes num livro de doenças infecciosas, aquele que tem o buraco no meio. É arriscado levar pra casa hoje. Amanhã, às catorze horas, o secretário do *sheik* vem buscar, e traz o resto do dinheiro.

— E o cofre?

Os dois estavam subindo enquanto conversavam! Tornei a voltar para o meu "vão".

— Vou despedir a faxineira. Ela deve ter mexido nele... Ou então, alguma outra pessoa.

— Eu me lembrava do segredo...

— Não adianta. Emperrou.

— O homem que vem é aquele da embaixada que veio da outra vez?

— Não. Eles são sempre trocados — o pai explicou enquanto mexia no que provavelmente deveria ser o cofre.

— Pai, o seu Roberto não tinha ficado de trazer amanhã os outros dois diamantes?

— Esses outros dois aqui não têm nada a ver com a história, Isadora.

— Por quê?

O telefone tocou.

Algo me dizia que era hora de puxar o carro.

Fui saindo e me esgueirando. Quando ia descendo a escada, pude ouvir:

— Você não viu o rapaz sair? E porque só agora me diz isso?

Não esperei para ouvir a resposta. Corri para a porta de ferro e enquanto a desgraçada parecia ranger para a cidade toda ouvir, saí correndo.

Imagine se eu ia olhar para trás. Podia ter um séquito todo me seguindo que eu não olharia para trás em hipótese alguma.

Me agachei antes de chegar no prédio. Entrei agachado para o riso do porteiro.

Não pude esperar o elevador. Subi os oito andares correndo. Abri a porta e.....

— Mãe! Que susto!

— Que susto por quê?

— Porque me meti numa encrenca! Você leu meu bilhete?

— Que bilhete?

Tudo bem. Tinha colocado embaixo do travesseiro.
Ia perguntar por que é que tinha vindo pra casa à tarde, mas ela estava ali e pronto.
Aí contei tudo. Ela quis ver a agenda do cursinho onde eu havia feito as anotações das prateleiras. Olhou por várias vezes e me disse que guardaria a agenda com ela.
— E agora, Felipe? O que é que a gente faz?
— Mãe, eu é que tô perguntando! Amanhã eu quero estar lá!
— E se...
Pronto. Eu pensava numa coisa e ela lia meus pensamentos. Ainda bem que não tinha pensado numa bobagem.

Os diamantes são eternos... mas não tanto...

Resolvemos faltar: eu, no cursinho; ela, na PUC.
Fui para o sebo no meu horário de sempre.
Isadora já estava lá.
— Oi. Deu tudo certo ontem?
Ô boca! Por que não tinha ficado mudo?
— Deu, por quê?
— Sei lá. Falei só por falar.
— Ih, tá entrando gente que não tem mais fim!
— Eu estou aqui pra trabalhar.
— Deixa eu dar uma subida pra ver o que aquelas duas que subiram vão levar.
Sobe e desce gente.
Seu Cláudio estava lá em cima de velho, acho.
Isadora ficou dividida entre o caixa e os clientes, enquanto eu ia atendendo alguns compradores.

— Atende as duas senhoras pra mim, Felipe? — Isadora falou do alto da escada.
— Com prazer... — respondi.
Catorze e dois.
Um moço alto, de uniforme de chofer, abriu a porta do carro para que um senhor de estatura normal descesse.
O de estatura normal tinha uma aparência normal, não fossem os olhos de cores diferentes: um olho era verde, o outro cor de mel.
Percebi que Isadora fez sinal com a cabeça para que ele subisse.
O homem subiu.
Ficamos ali, atendendo, com aquele ambiente esquisito entre nós.
— Isadora! Venha cá depressa!

O pai dela. Pela voz, estava nervoso.
— Já vou, já vou! — ela repetiu.
Isadora subiu correndo.
Continuei quieto, como se fosse surdo.
Não demorou muito e fui chamado.
— Felipe!
Não respondi. Precisava me fazer de surdo... Pelo menos, um pouco surdo.
— Felipe! Sobe aqui, rápido!
Subi.
Lá em cima, seu Cláudio pediu que dois clientes descessem para que ele pudesse resolver um assunto "muito rápido". Isadora estava pálida. O senhor do olho furta-cor estava nervoso, tamborilando com os dedos da mão esquerda na prateleira de metal onde li:
MEDICINA — MOLÉSTIAS INFECCIOSAS.
— Alguém comprou algum livro de "doenças infecciosas" hoje? — seu Cláudio perguntou pra mim.
— Hã? — disfarcei.
— No seu horário, alguém levou um livro de doenças infecciosas?
— Pai, eu já disse que não! Eu fiquei no caixa o tempo todo!
— Bom, teve aquela velhinha... Mas ela só leva M.Delly! — expliquei.
— Não, ela não levaria um livro médico...
Os dois homens estavam fervendo. Um olhava para o outro, com desconfiança.
Isadora me chamou num canto.
— Fica aqui na copa, eu vou descer e já volto.
Eu sabia o que ela ia fazer. Ia pegar minha mochila, abrir, olhar dentro. Eu tinha levado a mochila do cursinho, pra disfarçar. Ela não encontraria nada lá embaixo.
Os dois ficaram discutindo num canto, enquanto eu tomava um café.
Isadora subiu e foi conversar com o "pai". Fez sinal que "não", com a cabeça. Eu tinha a certeza de que estava falando da minha mochila.
— Acho melhor você ir pra casa, Felipe.

— O que aconteceu? — perguntei com a cara mais santa do mundo.

— O livro era para esse senhor que está com meu pai. É um livro de edição esgotada, 1938. Esquecemos de tirá-lo da prateleira e guardá-lo. Alguém comprou o livro e não percebemos ou então, o que é mais provável, foi roubado!

— Quem iria querer um livro sobre doenças infecciosas? — perguntei.

— Um estudante de medicina, algum médico, sei lá... Ou então...

— A velhinha do M. Delly?

— Por que ela?

— Sei lá! Quem tem mania de roubar, rouba qualquer coisa.

— Vai pra casa que isso aqui vai dar nó...

Pude ver que ela estava realmente aflita. Paciência. Eu não podia fazer nada... nem por ela, nem pelos diamantes, que a essa hora já estavam em outro lugar.

Ladrão que rouba ladrão...

Tínhamos combinado que, assim que eu saísse do sebo, iria direto para a delegacia da rua dos Andradas. Pelo menos, se fosse seguido, ninguém entraria comigo numa delegacia.

O delegado demorou pra me atender. Fiquei tomando chá de banco por mais de uma hora, acompanhado de dois policiais. Quando ele abriu a porta da sala dele pra mim, já fui despencando na poltrona que ele me ofereceu.

— É, Felipe, esperava que você saísse como o seu pai: o melhor legista que este país já conheceu... Mas, pelo visto, vai seguir carreira de delegado... Ou não?

— Doutor Sandoval, eu nem sei... Mas acho que fui seguido! Cadê a minha mãe e a Selma?

— Estão com o tal "seu Roberto" e uma enorme quantidade de dólares!
— Puxa!
— ...Falsos!
— Eu não acredito!
— Bom, você não vai aparecer, por enquanto. As investigações estão apenas começando e a sua segurança é mais importante que tudo! — ele continuou. — Estamos atrás disso já há algum tempo, mas só agora é que as coisas se encaixaram!
Enquanto eu esperava minha mãe, via aquele entra e sai da sala dele. Lugar abafado, cheio de livros, papéis em desordem, ventilador ligado, computador funcionando e um fax que não parava de trabalhar. Vi também a minha agenda do cursinho em cima da mesa dele. É, apesar de achar que anotara bobagens, devia ter registrado alguma coisa importante nela.
Ledo engano. Doutor Sandoval, assim que me viu segurando a agenda, falou:
— Pra desconfiar você é bom... Mas pra anotar, meu filho... Fez uma confusão na sua agenda que dava medo!
— Doutor Sandoval... — começou uma senhora que entrou sem bater à porta.
Eu conhecia aquela mulher de algum lugar...
— Olá! — ela sorriu.
A velhinha dos livros de M. Delly!... A da peruca torta.
— O que a senhora está fazendo por aqui?
— E você? Também entrou para o "serviço público", rapaz? Pois eu me aposento ano que vem!
— O que a senhora tem a ver com o sebo?
— Tudo! Estava lá de olheira. Já soube que você está ajudando na elucidação do caso. Diamantes recuperados, derrame de dólares falsos, um bom trabalho!
Fiquei de queixo caído. Bom, ele foi caindo aos poucos, à medida que a falsa M. Delly me contava mais detalhes, tirando a peruca torta e limpando a maquiagem.
Explico melhor: quando contei tudo pra minha mãe, ela também contou tudo pra mim. Quando tinha ido ao cinema assistir *Sandra & Selma*, contara para a sua amiga Selma (que por acaso era investigadora), que eu estava trabalhando no tal sebo. Que filme, que nada. A amiga dela carregou minha mãe

pra fora do cinema e disse que ela estava de olho no lugar, que era suspeito, etc e tal. Falou do *sheik*, das joias falsificadas, que era uma quadrilha mesmo. E que ela estava frequentando o sebo, pasme!... Travestida de velhinha fanática por livros de M. Delly! Pediu que minha mãe omitisse o fato de que ERA ELA A VELHINHA, para que eu agisse de forma a mais natural possível.

Assim que a M. Delly achou o livro "infeccioso" (eu tinha contado pra minha mãe em que parte ficava o livro e tinha dado pra ela a minha agenda, que, apesar de bagunçada, tinha servido pra alguma coisa), passou o tal para minha mãe, que escondeu o dito dentro da sacola e saiu rapidinho até a esquina... MINHA MÃE "DERA A ELZA", ACREDITA? Eu não tinha reconhecido a minha mãe, quase que gêmea da "M. Delly".

Lá na esquina, os policiais à paisana esperavam e aguardavam o momento mais apropriado para fazer a prisão... O momento quando o motorista do *sheik* chegava com a outra parte dos dólares para pegar os outros dois diamantes sumidos...Só que os dólares eram... falsos!!!

Nessa altura do campeonato, eu já não estava mais ali!... E nem imaginava que os policiais, logo depois, invadissem o sebo e pegariam o motorista do *sheik* com os dólares restantes, mais o seu Cláudio e o seu Roberto com as mãos abanando... E, de quebra, Isadora.

Tinha imaginado, sim, que algo iria acontecer... Mas com a "eficiência" britânica de nossa polícia e com medo de uma também possível interferência da embaixada e do nosso presidente, tinha ficado com receio de que tudo acabasse em caviar. Ledo engano novamente. Levaram todos.

Pra mim e pra minha mãe, sobraram intermináveis idas à delegacia.

Mamãe e eu ficamos sabendo de muitas coisas através do "delega", como por exemplo:

- que dos seis diamantes um era falso. Nem o seu Cláudio sabia. Tinha sido armação do seu Roberto, que trocara um dos verdadeiros por uma imitação. Os que ele tinha escondido dentro do livro, por exemplo, eram verdadeiros.

Ele e o seu Roberto haviam combinado que esconderiam esses outros dois até que se certificassem dos dólares... Se eram quentes.

- que o pai de Isadora era pai mesmo. Quem estava na foto era mesmo a mãe da Isadora. A foto tinha sido tirada um pouco antes de ela morrer. Pura bobice minha.
- que o pai sabia de quase tudo. Não sabia da lavagem de dinheiro (o que rolava por trás dos bastidores do *sheik*). A filha sabia só de algumas coisas. Não sabia que os dólares eram falsos nem que as joias eram roubadas.
- que o seu Roberto, além de desmanchar joias, vendê-las, substituir uma ou outra por pedras falsas, estava enrolado com falsificação de dólares. Um derrame de notas falsas na praça tinha feito com que ele ficasse preocupado com o dinheiro que recebia.
- que o bilhete deixado na portaria de edifício de Isadora tinha sido feito de fato, por minha mãe, que estava nos seguindo aquela noite, junto com a Selma "M. Delly".
- que aquela delegacia estava entupida agora de gente da embaixada... A maior confusão estava instalada!

Prestei os depoimentos que pude e fui liberado.
Passei a me concentrar nas provas.
Bem que tentei saber da Isadora, mas tudo o que consegui foram frases soltas do tipo: ela parece não estar envolvida, sei lá, não sei.
Manchetes nos jornais. Por sorte o nome dela saiu poucas vezes e não teve foto nenhuma.
Estava achando que minha mãe andava agora muito tempo "prestando depoimentos" na delegacia. Afinal, eu é que estivera metido até o pescoço naquele sebo, e não ela... Mas, enfim, não me queixava quando ela chegava de lá com novidades, tais como:

1) Seu Roberto ia cumprir uma "penona". Ele era culpado por vários delitos: roubo, venda, troca, tráfico de joias, entre uma dezena de outras coisas que eu nem sonhava;

2) Seu Cláudio ia pegar não se sabia ainda quantos anos, mas bem menos que o seu Roberto;

3) O motorista e o secretário estavam atolados até o nariz, haja vista a quantidade de dólares falsos, verdadeiros, receptação de pedras preciosas roubadas, suborno;

4) O embaixador e a embaixada da Erequestina estavam em sérios apuros;

5) O presidente da República estava com sérios problemas, já que presenteava semanalmente sua amada esposa "Roxane Desllumbrada" com joias compradas do *sheik* da Erequestina, sem nem sequer desconfiar que os bitelos que a esposa pendurava até nos dentes, eram falsos.

Fiquei muito chateado depois de tudo... E você ainda me pergunta por quê?

Na primeira visita que consegui fazer para Isadora (não, ela não ficou na cadeia... Conseguiu um *habeas corpus*) já levei um "sai daqui" bem na portaria do prédio dela "by interfone".

Depois que ela saiu, perguntei para o porteiro algumas coisas que estava curioso pra saber. Isadora tinha resolvido vender a loja depois de ter sido lacrada . Foi feita uma vistoria e os livros estavam em ordem. O livro-caixa também. Ela precisava pagar a conta dos advogados do pai. Pai era pai, mesmo sendo "pai-ladrão".

Bem que tentei explicar pra ela, numa segunda vez, que aquela "perua" era a minha mãe. O problema é que ela ficara sabendo antes. M. Delly, aposto. Apostei certo. M. Delly era uma dedo-duro-de-matar. Adivinhe! Isadora disse que nunca mais queria me ver. Havia feito ela de boba.

Boba ela de pensar isso de mim! Eu era o principal bobo da história! Tentei explicar via cartas mil que minha mãe (a perua, se ela preferisse) e sua amiga, quando saíram do *Sandra & Selma*, haviam conversado sobre o meu emprego no sebo. Foi aí que a minha mãe soube que eu estava num local perigoso, sob suspeita. A amiga era investigadora e estava de olho no sebo há um tempão. Era, inclusive, cliente do sebo para poder investigar mais à vontade. Gastei mais de um livro para explicar (acredita que até dei um nome pra ele?).

77

Ladrão de coração
(ou *Pouco te vi*)

Cinco meses se passaram.
Procurei por Isadora no cursinho à noite mas soube que havia pedido transferência.
— Sabe se ela largou o curso?
— Não, ela falou que ia pra um outro cursinho. Um intensivão — a secretária do Meta me contou.
Mandei cartas. Voltaram. "Mudou-se."
Estudei bastante pra recuperar as aulas em que ou não prestei atenção, ou dormi ou não entendi. A Vera me ajudou

um pouco emprestando os cadernos dela, e o Gabriel me ajudou bastante.
    Estudei, estudei, estudei... Ouvindo ópera.
    — Desde quando você curte ópera, Felipe?
    — Desde não sei, mãe... Desde sempre, acho.
    Procurei pela Isadora de novo. Estive em cinco cursinhos e em dois cursões.
    Fim de ano, vestibular, matrícula na Universidade e nada! Estava careca, bicho na Medicina.
    A Vera?
    Reatamos...Mais ou menos, né...
    Pra falar a verdade, vou contando aos poucos para não estragar o final da história.
    Hoje fui no Café de La Recoleta com a Vera. Quando voltei do banheiro, resolvi dar uma espiada nos livros. Adivinha quem encontro?

Isadora!
Ela comprou o espaço de livros.
Verão. A blusa era outra, mais colada. Se minha mãe visse, ia perguntar onde estava a parte de cima da blusa, sem contar as costas.
Estava mais doce. Deu pra perceber pelo olhar.
Pedi desculpas.
Ela pediu desculpas também. Havia sido muito bruta, grossa, essas coisas de quem estava magoada.
Pedi desculpas de novo. Eu podia ter falado francamente.
— Você está esquisito assim careca... Passou no vestibular?
— Passei, e você?
— Hum hum.
Será que isso era um sim? Mas em quê?
— Seu cabelo está mais comprido... Empresta pra mim?
Ela continuou separando os livros.
— Está tudo bem com você?
— Estou colocando a minha vida em ordem, acho.
Ficamos nos olhando. Eu tinha tanta coisa pra falar pra ela, explicar...
— Afinal, o que ia comprar naquele dia? Um manual de quê?
Achei melhor não dizer. Cá entre nós, queria comprar um livro chamado *Pouco te vi, sempre te amei*, pra dar de presente pra Vera, que tinha suspirado com o filme e queria porque queria ler o livro.

Só que naquela hora quem estava ali era a Isadora, olhando pra mim, e a Vera do outro lado do café, parecia uma pessoa tão distante... Não era minha. E também tinha aquela coisa, aquele tchã, o nosso papo, tinha também uma coisa de pele, do perfume da Isadora... Ou ela nunca usara perfume? E também tinha a boca, ai, aquela boca, e as pernas, e o modo como jogava o cabelo pra cá e pra lá, e uma risada sapeca no olhar... Os óculos! Eu gostava do jeito que ela colocava e tirava os óculos. Eu tava gamado! GA-MA-DO.
— Isadora! Telefone pra você... Acho que é da Importadora. Parece que os livros que você pediu chegaram — um *barman* chamou.
— Podemos bater um papo na semana que vem?

— Fechado! — ela sorriu pra mim antes de ir atender ao telefone.
Achei melhor começar tudo de novo daqui a uns dias. Eu entraria no café, daria um beijo na minha mãe, que estaria tomando uma cervejinha com o "Sandova" (como é que não percebi que ele era caidaço na minha mãe? Se ao menos ele não tivesse aquele ar de delegado de plantão...), e enquanto esperasse por um sorvetão, daria uma espiada na livraria... A moça que ficava lá parecia ser entendida mesmo...
Eu contaria pra ela que fiquei sabendo que tinha passado no vestibular pra Biblioteconomia. Diria que eu ia ser médico... Do que, não sabia. Ia resolver bem mais pra frente, claro. Conversaríamos sobre nossas vidas, o que tinha acontecido naqueles meses todos. Perguntaria pra ela onde é que estava morando e que raio de cursinho tinha feito. Tinha tanta coisa!...
Quem sabe aquela moça que ficava ali atendendo os clientes, com um jeito calmo, cabelo soltinho, dia com óculos, dia sem, com um perfume que grudava na pele da gente e que nunca mais saía, mais velha que eu apenas quatro anos, tivesse um livro para um cara romântico que gostava de ópera. Um livro chamado *O começo*. Não. Que tal *Começar de novo*? Também não. Era nome de música. *Conversa no La Recoleta*? Não, lembrava o *Conversa na catedral*. Já sei o que eu pediria no nosso encontro marcado. Vê se você adivinha. Mas não vá perguntar pra Vera, porque ela não vai poder me ver nem pintado depois que eu contar pra ela que estou a fim de outra menina faz tempo. Pronto. Descobriu o nome do livro? Adivinhou?
Pouco te vi, sempre te amei. É, aquele que eu ia dar pra Vera e que tinha ido comprar no sebo, pegou?